講談社文庫

サブマリン

伊坂幸太郎

講談社

目次

サブマリン

0

「ええと、名前何だったか。棚ボタ君か」

「陣内《じんない》さん、棚岡《たなおか》ですよ」慌《あわ》てて訂正する。

僕と陣内さんは車の後部座席に座っていた。あいだには少年が乗っており、その彼が棚岡佑真《ゆうま》なのだ。

「武藤《むとう》、おまえ、奥さんから怒られないのか、細かすぎるって」

「名前を茶化すのは絶対やっちゃだめだ、ってよく言ってたじゃないですか」

「そういうことを言うのはどうせ、ろくでもない」

「昔の陣内さんですよ」

車内は一瞬しんと静まり返る。真ん中に座る棚岡佑真は無表情で俯《うつむ》き気味だ。僕が出会うのはたいがい何らかの事件を起こした少年だが、その少年たちの中には不貞腐《ふてくさ》れている者も少なくない。そして棚岡佑真も不貞腐れている。

自分の息子のことを考えた。今のところはまだ保育園で女の子に泣かされ、二つ年下の妹にも手を焼き、半べそになることが多いくらいだが、あと十数年すればこの彼のようになるのかと思うと、なかなか実感が湧《わ》かない。

「まあ実際、名前を馬鹿にしたり、頭髪が薄いだとか濃いだとか、緊張すると顔が赤くなるだとかな、本人にもどうにもなんないことをネタにするのはレベルが低いんだよ。笑えないっての」

「今、棚ボタ君と呼んだ人が言うと、説得力ありますね」

陣内さんはむすっとした面持ちで少し黙った。抗弁しようと頭を働かせていたのかもしれないが、やがて犯人が自白するかのような勢いで、「すまん。名前のことを茶化したのは俺が悪かった」と手を合わせ、隣の少年を拝むようにした。どんなに負《ま》け戦《いくさ》でも粘《ねば》りに粘り、結果として引き際を失うのが常の陣内さんも、稀《まれ》にこうして潔《いさぎよ》い。

車は、東京《とうきょう》少年鑑別所に向かっている。警察での取り調べを受け、勾留《こうりゅう》期間を終え、拘置所《こうちしょ》から家庭裁判所まで運ばれてきた少年は、裁判官が面談の末、「観護措置が必要」と判断するとそのまま鑑別所へと護送される。車に乗るのは裁判所職員で、誰が行くかは順番で決まっているのだが陣内さんは半《なか》ば強引に、「俺が行く、俺が行く」と割り込んできた。暇《ひま》だったのだろう。暇だからという理由でルールは変えられないから、ああだこうだと一応、大義名分を掲げ、まわりはろくにそれを聞かなかったものの、面倒だから陣内さんが行けばいいですよ、となった。

「そういえば、武藤、びっくりするくらいがっかりな情報を仕入れたんだけどな」

「異動してきて、また陣内さんと同じ職場になった時の僕も、かなり、びっくりがっかりでしたよ。あれ以上ですか」

異動先でまた陣内さんと顔を合わせたことは驚きだったが、それ以上に、自由奔《ほん》放《ぽう》、形式に則《のっと》ることが大の苦手な陣内さんが、主任の試験を受け、肩書を得ていたことは青天《せいてん》の霹靂《へきれき》だった。破天荒《はてんこう》を売りにしていたアーティストが急に、人間ドックに通いはじめていたかのように思えた。とはいえ、主任のポジションに就《つ》いた陣内さんは以前と何一つ変わっておらず、このような主任と同じ「組」になると仕事が大変だろうとは僕にも想像できた。家裁の調査官は三人で一チームの「組」となることが多い。同じ組にはなりませんように、と祈ったが、祈れば祈るほど、現実はそうなってしまうのか、見事、陣内さんの「組」に属することになった。これもまた逃れられぬ運命なのか、と天を仰《あお》いだ。

おまけに、同じ組のもう一人、僕よりも若い調査官であるところの木更津安奈《きさらづあんな》がこれまた捉《とら》えどころのない女性で、血が流れているのかいないのか、同じ色の血が流れているのかいないのか、感情が表に出ないタイプで、無気力とまではいかないが、何かと言えば、「そこまでする必要がありますか？」が口癖《くちぐせ》の人物であった。世の中の大半のことは、「そこまでする必要がある」とは言い難《がた》く、それを言い出すのなら古代エジプトの建築物も科学の進歩も否定されかねない。誰だってメリットデメリットの計算ではなく、気まぐれや思いつき、もしくは致《いた》し方がない事情でこなしているのだ。少なくとも僕はそうだ。「必要かどうか、を重視するならもういっそのこと、ずっとカプセルに入って、寝ていればいいよ」と言いたくなることもあったが、木更津安奈が、「そういうカプセルがあれば、そうします」と真面目《まじめ》に答えてくるのは予想できるため、言わない。

というわけで職場での僕は、はた迷惑な陣内さんと、やる気があるのかないのか分からぬ木更津安奈に挟《はさ》まれ、溜《た》め息《いき》交じりに天井を見上げてばかりだった。天井を眺めている時間で賃金が査定されるのならば、半年後には富豪だ。

「弘法《こうぼう》筆を選ばず、というだろ」陣内さんが、近隣住人の噂《うわさ》話《ばなし》をするかのように声をひそめた。「まあ、空海《くうかい》のことだよな、弘法ってのは」

「字、上手《うま》かったんですよね。書道の名人で。三筆《さんぴつ》のうちの一人でしたっけ」

「何だよそれは」

「三人衆みたいなことですよ。ベスト3《スリー》というか」

二人で話をしているあいだ、真ん中に挟まれて座る棚岡佑真はむすっとしているだけだ。

「でな、弘法筆を選ばず、ってのは、弘法は字が上手いが、筆を選んだりしなかったという格言だろ」

「達人は道具に頼らない、ということですよね」

「どうやら、それが違っていたんだと」

「違っていた？」

「弘法は筆をそこそこ選んでいたらしいぞ」

「え」

「どちらかといえば、いい筆じゃないと書けない！　みたいなタイプだったんだろうな」弘法大師がそのような振る舞いをするとは思わなかったが、陣内さんはさらに、「がっかりだろ」と続ける。「諺《ことわざ》だとか格言がひっくり返ることとなんてあるのか？

弘法筆をそこそこ選ぶ、なんてわざわざ言わなくても、普通のことじゃねえか。誰だって、そこそこ選ぶっての。いったい何を信じていけばいいんだろうな。だいたい固有名詞が諺の中に入ってるケースが珍しいんだよ。河童《かっぱ》の川流れも、猿も木から落ちる、も固有名詞ではないだろ。だから、仮に、『木から落ちない猿もいますよ』となっても、『いや、木から落ちる猿もいますから』と弁明できるわけだ。それが、固有名詞になっちゃうと、弘法大師は筆を選んでましたよ、って時点でもう意味をなさない。俺がその諺を作った時に生きてれば、アドバイスしてやったんだけどな」

「何ですかそれ」

「固有名詞を諺に入れるのはリスクありますよ、ってな。まったくひどい話だよ。なあ棚岡君」

棚岡佑真は、陣内さんの顔を見ることもなかった。じっと足元を見つめている。自分の犯した罪を反省しているようにも、人生がどうしてこうなってしまったのかと煩《はん》悶《もん》しているようにも、さらには、もうどうにでもなれと開き直っているようにも窺《うかが》えた。

十五分ほどすると鑑別所が見えてくる。

「なあ、棚ボタ君」陣内さんが、別れの挨拶《あいさつ》をしておかなくてはとでも思ったのか、そう話しかけた。

棚岡佑真は変わらず、蠟人形《ろうにんぎょう》のように固まったままだ。

「今どういう気持ちだよ」

こうして移送されている時の少年たちの態度は様々だ。いや、様々とはいえ、大きくいくつかに分類できる。緊張を漂《ただよ》わせ、自分のこれからに想像を巡らせている者、大人や世間に対しての甘えを捨てきれず、弱みを見せてはおしまい、媚《こ》びるものかとむすっとしている者、もしくは、沈黙に耐え切れないのか、大人たちの反応を窺いたいのか、愛想よく喋《しゃべ》りかけてくる者などだ。首尾一貫むすっとしている棚岡佑真の反応も特別なものではない。

「失敗したなあ、とか思ってるか」陣内さんは気軽に続けた。

棚岡佑真がその時だけ、素早く首をひねり、陣内さんの顔を見た。

「無免許とはいえ、運転慣れしていたんだろ。なのに、事故っちまったなんて、どうしたんだよ。脇見運転か？」

車が止まる。

手を繋《つな》がれた少年、棚岡佑真を連れ、施設に入っていき、鑑別所職員に引き渡すと僕は少しほっとする。少年が暴れ出したり逃げ出したりするようなことがあると構えているわけではないが、それでもトラブルなく引き渡せた安堵《あんど》はあった。

「人の命を奪ったことについて、どう思っているんでしょうね」

検察庁から、「事件」が送られてきたばかりのこの時点では、担当調査官は決まっておらず、事件記録によっておおよその事件内容は分かっているものの、詳細までは把握できていないことが多い。

が、今回の棚岡佑真のことはすでによく知っていた。無免許の、高校を卒業した十九歳のアルバイト少年が、速度超過で歩道に突っ込み、ジョギング中の中年男性が死亡した事件は、それなりにニュースで話題になったからだ。早朝であったから良かったものの、時間が時間ならば通学途中の子供たちが巻き添えを食ったかもしれない。無免許運転の常習で、よく車を盗んでは運転していたことが判明すると、みなが怒った。「みな」が誰を指すのかといえば、はっきりせず、「猿も木から落ちる」の「猿」程度の意味合いだが、とにかく世間の多くの意見は、「自分勝手な少年を許すな」という方向に集まった。

無免許での人身事故、しかも被害者が死んでいるとなれば、原則検送事件となる。とはいえ運ばれてきた荷物にラベルを貼って、条件が揃っているからそっちへ送りますね、というわけにはいかない。原則はあくまでも原則、少年の性格や事故の性質によっては刑事処分以外の措置が考えられる。僕たち家裁調査官が調査をすることには変わりない。

「棚ボタ君の事件は少し注目されてるから、武藤、おまえ、担当したいだろ」

陣内さんが当然のように言ってくるので、僕は一瞬、意図が分からず、きょとんとせざるを得なかった。「何言ってるんですか、嫌ですよ」

「目立ちたがりのおまえが珍しいな」

「陣内さん、僕に対する認識を間違えてますって。目立つことなんて一番嫌いなんですから」

「まあな」陣内さんは分かっているのか分かっていないのか、曖昧《あいまい》に返事をする。

「でもまあ、おまえの担当になっても怒るなよ」

「怒らないですけど。仕事ですから」

「弘法、筆を選ばず、と言うらしいしな」

「それ、嘘《うそ》らしいですよ」

「まじかよ。がっかりだ」

1

「武藤さん、わざわざ来てくれて、申し訳ないですね。というか、あれ、俊《しゅん》は不起訴《ふきそ》になったんじゃなかったの？」

小山田《おやまだ》俊の母親は騒がしく言った。いつ会っても忙しそうにしている。

小山田宅は高級と分類される住宅地にあり、外観からして見るからに高級だった。一階がガレージで、そこに停まっている車は、自動車に明るくない僕から見ても、高級と判断できるものばかりだ。家の中は、壁という壁が白く、床から天井まですべてが万全に消毒されているかのような清潔感が漂っている。

「あの、お母さん、念のために言いますが、俊君は不起訴になったわけじゃないんです」

不起訴は、一般の大人の刑事裁判の場合だ。少年の審判は、裁判とは違う。非行改善や更生に向けての教育が主眼となり、少年院送致や保護観察といった保護処分、もしくは更生が十分に期待できる場合は、不処分や審判不開始となる。

甘すぎる！　少年も大人と同等に裁くべきだ。そういった思いを抱く人が多いことは分かる。

たとえば僕の妻は、僕と知り合うまでは家裁調査官という職業の存在も知らなかったらしいが、ニュースで残忍な少年事件の報道がされるたびに、「こんなにひどいことをしても死刑にならないなんて」と嘆《なげ》く。最近はその後で、「と昔なら思ったよね」と苦笑する。僕の仕事ぶりを見ているせいか、正確に言えば、僕が仕事についてああだこうだと愚痴《ぐち》をこぼすのを聞かされているからか、「事件を起こした少年にもいろいろ事情があって、いちがいに、凶悪犯と決めつけられない」とは分かってくれているのかもしれない。そして妻はさらに、「でもやっぱり納得できないよね。この少年は悪人じゃないの？」と付け加えることも多い。「かもしれない」僕はそう答える。この仕事をしているからこそ、「人はみな更生できる！」とは無邪気《むじゃき》には言えないのも事実だ。いろんなケースがあって、いろんな人といろんな事件がある。

「でも、もう裁判は終わったわけでしょ。武藤さんがどうしてまだ来るの？　あ、わたしの手料理に味を占めたわけ？」小山田俊の母は早口だった。小柄で、美人に分類される顔立ちだが、思いついたことをさばさばと口にする八面玲瓏《はちめんれいろう》な雰囲気で、どこかいいようにあしらわれている気分になる。飾り気はなかったが、唇《くちびる》の光沢には色香《いろか》がある。

「試験観察は、審判が終わったというわけではありません。もう少し、俊君の様子を見たいという判断でして」

「観察だなんて、人の息子を虫みたいに言わないでよ」

ああ言えばこう言う、といった具合に、ぽんぽんと迎撃の言葉を返す反応速度に、僕は感心してしまう。「とにかく、俊君に定期的に面談しなくてはなりませんので」と話す。裁判所のホームページを見れば、「試験観察」の説明にはこうある。「家庭裁判所調査官が少年に対して更生のための助言や指導を与えながら、少年が自分の問題点を改善していこうとしているかといった視点で観察を続けます。この観察の結果なども踏まえて裁判官が最終的な処分を決めます」

「武藤さん、来てたんだ？　うちのお母さん、また何かどうにもなんないことを言ってたんじゃないの」

声がしたほうを振り返ればジャージ姿の痩《や》せた少年がドアのところに立っていた。青白い顔をした高校生、小山田俊だ。あどけない表情をしているものの、会うたびにこちらが値踏みされているようにも感じる。都内でも有数の進学校にトップで入学したが、ほとんど学校に通うことなく不登校となっていた。

「あなたのこと観察したいって言うから、今ね、アサガオじゃないんだから、と怒っておいたところ」

「僕の部屋に来る？」と小山田俊は言った。

「ああ、そうしてもらって。わたし、これから仕事で出かけないといけないから」母親は、僕のことを突然やってきた息子の友人とでも思っているのだろうか。「じゃあ、わたし、これから仕事行くけど武藤さん、俊と喋って、さっさと帰ってね」

少年に対する調査とはいえ、もちろんその家庭、保護者との面談も重要であるから、母親が無関係のわけがない。が、あっけらかんと言い放ち、ばたばたと飛び出していく彼女を呼び止めることはやめた。「あの、手料理、出してもらったことはないですからね」と指摘することもできなかった。

本来であれば、俊君の最近の様子などを聞きたいところだが、今まで何度か話を聞いてきたところからも、おおよその話は想像できた。「あの子、部屋にこもってるから、様子も何もまったく分からないんだよね。ほら、武藤さん、箱を開けずに中の果物の状態を言える？」

箱が開けられないならば隙間《すきま》を探し、どうにか中を確認するのが親の役目じゃないですか、と僕は言い返すべきだったのかもしれない。毎日、子供が眠ったころに帰宅し、家のことは妻に任せきりの僕が言っていいのかどうか、後ろめたかった。

小山田俊の部屋に入るのは二度目だ。八畳《はちじょう》の綺麗《きれい》に整頓《せいとん》された室内は、思春期の少年の部屋というよりは、実験室を思わせた。机にノートパソコンが置かれている。「どこでもいいから座って」と彼は言うが、まわりに椅子《いす》があるわけでもなく、仕方がなくフローリングの床に尻をつけた。

パソコンを触りかけていた小山田俊が体をこちらに向け、少し笑みを浮かべた。

「何かおかしい？」

「いや、武藤さんはちゃんとそうやって座るんだな、と思って」

「どういうこと？」

「陣内さんは、僕の膝《ひざ》の上に座ってきたんだよ。考えられる？　あんなおっさんが、僕のここに」と自分の膝を叩《たた》く。「しかも、どこでもいいから、と言ったじゃねえか、とか不満げに言い返してきて。あの人、何なの」

「僕にもよく分からないよ。というか、陣内さん、ここに来てるの？」

「そうだよ。知らなかったの？　あの人暇なのかな」

いまさら陣内さんの勝手な行動に驚くことはなかったが、溜め息はつきたくなる。

「ああいう人が同じチームだと大変じゃないの」

「分かってもらえて嬉《うれ》しい」僕はしみじみと言う。「少年の相手をしているよりも、陣内さんの相手をしているほうが頭が混乱するくらいだ」

僕はそれから、小山田俊にいくつか訊《たず》ねる。いずれも世間話に毛が生えたかのような、当《あ》たり障《さわ》りのないものだった。その世間話に毛が生えた質問でも、少年によってはやり取りがうまくいかない。黙りこくる子もいれば、質問の意図が分からないと首をひねる子もいる。少しでも僕たちを出し抜こうと、屁理屈を重ねてくる少年もいる。自宅にはほとんど寄りつかず、友達の家を転々とし、会うことすら難しい子もいた。そういう意味では小山田俊は手がかからず、会話もスムーズだった。雑談にも応じ、質問に対しても素朴な答えを返し、そこには裏がないように見える。

「武藤さん、あの無免許暴走運転の少年を担当しているんじゃないの？」

「え」なぜ、それを。と喉《のど》まで出かかった。

先日、僕が鑑別所まで送った少年、十九歳の棚岡佑真は結局、僕の担当になった。自分の勘《かん》が当たったかのように陣内さんが勝ち誇った顔をするのが腹立たしかった。

「何か武藤さんって、そういうタイプに見えるから」

「どういうタイプ？」

「貧乏くじを引いちゃうタイプ。あの無免許運転の事件、ニュースで話題だったから、そういう世間が注目している事件って、大変でしょ。家裁の調査官だって、そういうのは面倒じゃないの？」

「そんなことはない」僕は答える。白状すれば僕自身は、面倒に感じるが、一般的な調査官はそうではないはずだ。

「朝に暴走して、人に突っ込んで殺しちゃったんでしょ」

言い方が乱暴で生々しく聞こえるが、小山田俊は露悪《ろあく》的にそう言いたいわけではないのは、分かる。単に、言葉を選んだり、他者の気持ちを考慮したりすることが苦手なのだ。不要なものは省いてしまう。

「武藤さんはそういう面倒な仕事を受け持つことになっているんだよ。星の巡り合わせで。僕の担当になったのもきっとそれだ」

「確かに、君の事件も話題騒然、注目の的だった」

「誰かが死んだわけでもないのにね」

小山田俊は脅迫文《きょうはくぶん》をあちこちに送ったものの、実際に死者や怪我人《けがにん》を出したわけではなかった。もちろん、「死ね」とだけ大きく書かれた紙を送りつけられたほうは恐怖を覚えるのが当然で、そういった事象が連続して発生すれば、人々の興味を惹《ひ》きつける。好奇心を刺激し、社会性があり、タレント事務所からクレームが来ることもなければ、視聴者から苦情が来るほどグロテスクでもない。となれば、ワイドショーにとっては恰好《かっこう》のトピックだ。喜んで取り上げる。

一時期は、脅迫の書かれた手紙が公表されるたびに、「新作が！」とばかりに騒がれた。テレビ番組や雑誌が、そろそろ脅迫手紙の犯人に呼びやすいニックネームをつけようとしていた頃、犯人が自首した。それが小山田俊だった。彼が高校一年生であったため、報道は急にトーンダウンを余儀なくされ、もちろん少年事件ならではの、隔靴《かっか》掻痒《そうよう》、不公平感から世間は一層、憤《いきどお》った側面はあったものの、小山田俊の犯行の全容が判明しはじめると、それも別の混乱に変わった。小山田俊が脅迫文を、文とはいえ、「死ね」の二文字だけだったが、それを送付した先は、いずれもネット上で脅迫文を投稿したことのある人間だったのだ。

脅迫者を、脅迫していた。

「死ね、と誰かに言えちゃう人間は、自分が、死ね、と言われたらどういう気持ちになるのか知りたくて」僕が最初に面談した時、彼は唇を尖《とが》らせ、そうすると小学生じみた幼い表情になるのだが、あっさりと言った。

「よく、相手の住所が分かったね」

警察での取り調べが終わっていた後だから、彼がどうやって、「脅迫者たち」の住所を探ったのかは判明していた。

小山田俊は不登校で自宅の部屋に閉じこもって、パソコンをいじっているだけの少年だった。今もそうだ。探偵の技術はない。

「始終、インターネットを覗《のぞ》いていると、誰かに対して、脅迫を口にする人とかいるんだよね。口にする、というか、書き込んでいるんだけど。そういう脅迫者を見つけて、そいつのIPアドレスを入手したり、そういう人がSNSをやっていたら、その関係者の中の誰かから」

「誰かから?」

「いくら匿名《とくめい》を貫《つらぬ》いても、どこかに隙はあるんだよ。本人は隠していても、知り合いの情報をほじくっていけば分かる場合もあるし。通販やオークションを利用しているなら、そこが情報源にもなるんだ。何年か前に、アメリカで、GmailとAppleの技術サポートに電話をかけて、少しずつ情報を手に入れて、雑誌社のアカウントを乗っ取った事件があったでしょ」

「いや、知らないけれど」

「ちょっとした推理と、地道に電話をかけるだけで、乗っ取れたんだ」

「そんなことが」

「できるよ。死角はどこにでもあるから」そんなことも知らないの?と彼は、可哀《かわい》相《そう》な子供を見るように、僕を見た。「たとえば、通販会社に電話をかけて、クレジットカードの番号を教えてもらうことはできない」

「さすがにそれを教えてしまったら」

「でも、新しいカードを追加してもらうことはできるんだよ」

「追加する?」カード情報を追加して、いいことがあるのだろうか。

「次に電話をかける。ヘルプサポートにね。そうすると、本人確認をしてくる」

「君は本人じゃない」それに、未成年だからクレジットカードも持っていないはずだ。

「それを確認するために、カードの下四桁《しもよんけた》を言わされることがあるんだけれど、それが何と、さっき新規追加したカードの番号でいいんだよ」

「どういうこと?」

「そこを利用すれば、本人だと思ってくれる」

よくは分からなかったが、とにかく小山田俊はあの手この手で、標的とする人物の情報を手に入れたわけだ。

「相手の趣味が分かれば、その関係ショップを装って、プレゼントを送る手もある。宅配業者の、荷物追跡サービスは役に立つからね。それに、僕は別に、世の中の脅迫者全員を探し出そうとしているわけじゃないんだ。住所が分かった人に、手紙を送っただけで。住所を調べられなかった相手には何もしなかった。でもね武藤さん、反応を見ていると半分以上だった」

「何が？」

「自分のところに脅迫文が届いて、怖がったり、怒ったりした人が半分以上だったよ。他人のことを脅迫しているくせにね。自分がやられたら、慌てるんだ。勝手なもんだね」

脅迫者に脅迫状を送ることは是《ぜ》か非《ひ》か。小山田俊が投げかけたのは、それだった。好意的な反応もあれば、否定的な反応もあった。

小山田俊が十五歳であることも、世間の反応には影響しただろう。子供が大人を出し抜くような態度を、面白く思わない人は多い。同じことを同じように発言しても、その発言した人物の属性で、受け止められ方は変わる。

「陣内さんはどう思いますか？」審判前、調査期間中に僕は訊ねたことがある。

面談すればするほど小山田俊はよく分からない少年だった。謎めいているわけではなく、むしろ素直な、ごく普通の高校生に見え、どうして不登校になったのかも理由ははっきりしなかった。苛《いじ》められたわけでもなければ、勉強についていけなかったわけでもない。母親の話によれば、さほど必死に勉強することなく名門進学校に入学したらしいから、頭はいいのだろう。

「あの、パソコン少年か。博士みたいだよな」陣内さんは面倒臭そうに答えた。「最初、事件の内容を読んだ時は、生意気なガキだと思ったんだよ。よくいるタイプのな。『そんなのネットで検索すれば分かりますよ』とか言って、上に立ったつもりの。ああいう奴は、何で偉そうなんだ？　検索なんて誰だってできる。おまえが検索できるように、俺だってやれるっての。あれは、検索キーワードの選び方を威張《いば》りたいのか？」

「でも」

「分かってる。あの小山田はそういう感じでもないよな。あれはもっと頭が良くて、変だ」

「陣内さんに、変だ、と言われちゃうと」

「どういう意味だ」

「マイマイがプラというか」

陣内さんは眉《まゆ》をひそめる。「俺は正直、感心はしないけどな。小山田みたいに陰でこそこそ悪戯《いたずら》するみたいな奴は。ただ、脅迫者を脅迫するってのはちょっと面白いよな」

面白いと言っていいのか、と僕は心配になる。「どういう処分がいいんでしょうね。大きな犯罪と言えないですが、不処分とかにしたら」

「頭いいおぼっちゃんが、これはちょろいな、と勘違いする」

「その恐れが」と言ったものの僕は、小山田俊はそういった少年とも異なるように思えた。陣内さんも、「まあ、そういうタイプでもねえよな」と言い、「もうちょい様子を見てみろよ。俺ならそうする」と続けた。

だからというわけではなかったが僕は、「試験観察」を主張し、それが通った。

「あの陣内さんってほんと、変ですよね」小山田俊が言う。

「また、マイマイがプラだ」

「プラダ？」

「何でもない。陣内さんと何を喋ったの？」迷惑をかけなかったかな、と確認したくなる。「何度も来たわけ？」「時々かな」「はあ」

「で、『おまえ、パソコンであれこれするのが得意なんだろ』と言ってきたことがあって」

小山田俊が訝《いぶか》りながら、「だったら、どうなんですか」と訊ねると陣内さんは、「最近の奴らは、まあ若者に限らず誰だってそうだけどな、知らないことがあればすぐにネット検索をする」と言ってきたらしい。「で、ネットに書いてあればそれが答えだと思い込む。ってことはだ、それを利用する手はあるよな」

一緒に宝石店でも襲《おそ》おうぜ、みたいな言い方だったよ、と小山田俊が言う。「ようするにあの人、自分に都合のいいことをネット上に書きたかったらしくて」

「何それ」

「あたかも事実のようにネット上に残しておけば、みんな信じると思ったんだってさ」

「いったい何を信じさせたかったんだろう」

「大半は、前に担当した少年と言い合いになったことみたいですけど」

「どういう」

「たとえば、漢字の読み方とか。『細君』って、『さいくん』としか読まないじゃないですか。ただ、あの人、ずっと、『ほそぎみ』と読んでいたらしくて。たぶんそのことで、少年に馬鹿にされたことがあるんじゃないですか」

「なるほど」

「それを根に持っていて、ネットに、『ほそぎみ』と読んでいた時代もある、とか書き残したかったみたいです」

「はあ」

「トノサマバッタ、という名前をつけたのは平賀源内《ひらがげんない》だ、とか」

「それ本当なの？」

「絶対違いますよ。ただ、そう思い込んでいたんじゃないですか？」

その思い込みを事実に変えるために、ネット上に捏造《ねつぞう》した情報を、さも本当であるかのように用意させた、ということらしかった。確かに、小山田俊であれば、あちらこちらのサイトに、たとえばネット質問箱のようなものや、掲示板などを使い、情報を散らばして配置することはできるのかもしれない。

「あとは、車のフロントガラスを割る方法とか、サッカーの記録とか」

「でっち上げ？」

「個人的に勝手に勘違いして、信じていたものばかりみたいですよ。昔、言われて真《ま》に受けちゃったんじゃないですか？　誰かに馬鹿にされたら、『ネット検索してみろよ』と言い返したいんですよ。ああいうのも歴史修正主義者って言うのかな」

「違うと思うけれど」

「あの人、上司ですよね、武藤さんの」

「一応ね」「同情しちゃうよ」

その言葉にうっかり感激してしまう。「きっとそういう話題で、君との距離を縮めたかったのかもしれない」

「僕が断ったら、生意気なくせにそんなこともできないのかよ、って捨《す》て台詞《ぜりふ》吐《は》いて、帰っちゃいましたよ。距離を縮めたい様子は微塵《みじん》もなかった」

「申し訳ない」なぜ、僕が謝らなくてはならないのか。それから僕は、小山田俊の近況についていくつか質問をしたが、予想通り、「別に変わりはないよ」とすげない返事があるだけで、さらには、「武藤さんも仕事で訊《き》かざるを得ないもんね」と気を遣《つか》われる始末だった。「あ、そういえば武藤さんにお願いがあったんだ」

「へえ、何だろう」背筋が伸びる。喜びを覚えたのも事実だ。人は、誰かの役に立ちたいという欲求を持っているのだろうか。先日、妻が読んでいた育児書のことを思い出した。子供が手伝いをしてくれた際に、「偉いね」と褒《ほ》めるよりも、「助かるよ」と声をかけたほうが前向きな気持ちを得られるのだという。真偽《しんぎ》のほどは分からぬが、誰かの役に立つのだとすれば満足度は上がる。

これなんだけど、と彼がパソコンを操作した。離れた場所で機械の音が鳴った、と思えばプリンタから紙が排出される。小山田俊は何も言わないが、椅子から立つ素振りも見せないため、それが僕の役目なのだろうとは察しがついた。紙を取ってみると、いくつかのＵＲＬと日時、短文が並んでいる。「これは」

「ネット上にあった殺人予告なんだ」

「え」そう思って、もう一度プリントアウトされた紙に目を落とす。

「ネット上にはあちこちに物騒な言葉が並んでいるでしょ。爆弾を仕掛けたぞ、仕掛けるぞ、とか、殺してやる、殺す、とか」小山田俊の言葉は淡々としているだけに、講義を行う教授然としていた。「その場を盛り上げるための悪乗《わるの》りとか、ストレス解消の叫び声の場合が大半だけど」

「ここ数年は、警察がどんどん逮捕しているのに、悪ふざけはなくならないものだよね」

「自分は大丈夫、と甘く考えている人もいれば、どうせ逮捕されても命が取られるわけではない、と思っている人もいるかもしれないし、そんなことを考える余裕もない人もいるだろうね」

小山田俊の冷静な分析に、うんうんとうなずくことしかできない。

「自分より幸せそうで、順調そうな人間を攻撃したくなるのは、人の心の自然な働きだからね。人の不幸は蜜《みつ》の味、は脳の仕組みでそうなっているらしいし。動物もそうなんでしょ」

「え、何が」

「マウスで実験して、分かったんだって。鼠《ねずみ》も、自分より自由な鼠には嫉妬《しっと》するんだってさ。人間ならもっとだよ」

僕は、彼の話を聞きながら、面倒だな、と思う。庇《かば》うつもりはなかったが、接している限りでいえば、小山田俊は悪質な少年には感じられず、できることならば調査報告は保護処分を課さない方向にしたかったのだが、こうして、人間における「脅迫する心理」をとうとうと語られると、反省しているとは言い難い。

「実際に、予告通りに事件を起こす人は多くないよね。だいたいは吐き出したことで満足するし。殺害予告をすることと、それを実行することの間には、深くて大きな谷がある。ただ、その深くて大きな谷を飛び越えてくる人もゼロじゃない」

もっと言えば、予告なしで行動する人もいるだろう。

「それで、武藤さんも知っている通り、僕はこの道の専門家みたいなものでしょ」

「この道がどの道を指すのか」

「ネット上での脅迫とか、物騒な予告。それをする人の情報をたくさん調べているうちに、ある程度は見分けがつくようになってきたんだ」

「何と何の見分け？」

「本当に、行動しちゃう人の投稿なのか、口先だけなのか。まあ、予告した人のなかで実際に行動に移す人は、有言実行の人は」

「そう言うと、立派な人に思えるけれど」

「一パーセントもいないよ」

「谷は深くて大きいから」

「そう。だけど、一はゼロじゃない」小山田俊は言う。「今、印刷したのは、全部、実際に事件になったやつだよ。今のところ、五件」

紙に目を落とす。横書きの文章には、子供を殺します、であるとか、駅で暴れます、であるとかそういった言葉がある。ただの明朝体《みんちょうたい》の文字であるにもかかわらず、暗い呪詛《じゆそ》が滲《にじ》み出《で》ているようだ。脅迫文の下に、ニュース記事がついている。つまり、脅迫文をネット投稿した人物が、実際に起こした事件なのだろう。

「強調しておきたいのは、それって、事件が起きた後で、僕が脅迫文を発掘したわけじゃないんだよ。順番が逆なんだ。僕がネットでもともと、『この人は本当に実行するかも』と思って、マークしていたら」

「事件が実際に起きたのか」

にわかには信じがたい。後付けの預言者の手口そのものに思えた。が、小山田俊がそういった嘘をつく理由もない。

「あいつ、特許を取らないエジソンみたいだよな」以前、陣内さんが小山田俊のことについてそう言ったことがある。

「どういう意味ですか」

「発明とか実験が好きなだけで、それを発表するのはどうでもいい感じって意味だ」

「ああ」それは分かる気がした。

彼には自己顕示欲《けんじよく》がない。驚くほど感じられなかった。

「君は、犯行予告の真偽を見破れるってことかい」

「見破れるというよりも、本気の人の脅迫文にぴんと来るというか。もちろん怪《あや》しいと思った人が全員、事件を起こしたわけではないよ」

ぱらぱらとめくっていると、「あいつをぶっ殺す」であるとか、「あの女を生け捕りに」であるとか物騒なコメントが目に入り、暗澹《あんたん》たる気持ちになる。

「最後のページを見て」

そこには、そこにも、と言うべきか、物騒な恨《うら》み言《ごと》が並んでいた。「これが？」

「それはまだ事件が起きていないやつだよ。犯行予告はしているけれど、事件はまだ」

死んでいる魚だと思っていたものが、急にぱちゃぱちゃと跳ねはじめたかのような気持ちになり、プリントを落としそうになる。「これはどこか、ネットの掲示板に書き込まれていたのかな」

「URL書いてあるでしょ」「通報は？」「誰かがしたかもしれない。アドレスが特定されないように匿名化はしているみたいだけど。表現も漠然としているから、よくある、悪ふざけだと警察も判断している可能性もある。でもとにかく」

「とにかく？」

「僕の勘が、これは本物だ、と言ってるんだ」

手元の紙を眺めた。勘だからといって軽視できない根拠が、今まで彼が当ててきた事例が、並んでいた。

「たぶん、この人、そのうち事件を起こすよ。小学校で」

「それは」僕は言ってから続ける言葉に悩む。「それは困る」「それはひどいよ」「それはどうにかしなきゃ」どれか一つに絞《しぼ》りきれなかった。

「事件が起きたら、僕の予想が正しかったことが分かるけれど」

「そうならないことを祈るしかないね」本心だった。

「もし未然に防ぎたいなら、武藤さんが調べてよ。祈るより効果が」

「警察に言えば」

「よく考えてよ。こんな話、警察がまともに聞いてくれるわけがないし、僕だって嫌だよ」

「嫌？」

「だって今、僕は試験観察中だよ。大人《おとな》しく観察されていたいのに、警察に関わっても印象が悪くなるだけでしょ。たぶん警察は、僕が悪戯しているんだと疑うよ」

大人しく観察されていたい、と自ら言っている時点で、素直な反省とは思い難かったが、言わんとすることは分かる。

「これから情報をもっと集めるから、武藤さんが犯人を見つけたり、犯行を止めたりすればいいんじゃないかな」

「いいんじゃないかな、と言われても」

2

鑑別所の調査室で向き合った棚岡佑真は生気がなく、俯き気味だった。

生年からはじまり、彼の今までの生活史を確認しても、「はい」としか言わず、「事実と違っていたら、教えてね」と告げたところで、「はい」と答えるため、「じゃあ、はい、と言いたい時は、いいえ、と言ってみてね」と僕としてはかなりユーモア溢《あふ》れる切り返しを見せたつもりだったが、それでも、「はい」と返ってきた。恥ずかしくて下を向きたくなった。目も合わせてくれない。

「あの日、車は、盗んできたんだよね？」

「はい」

「あの近くの月極《つきぎ》め駐車場にいつも停まっていて、目をつけていたの？」

「はい」

「鍵はどうしたの」すでに警察で調査済みのことではあった。その車両、黒の古いオデッセイの持ち主はいにしえから伝わる鍵の隠し場所、サンバイザーの裏、を使っていたため、奪うのは容易《たやす》かったという。

ここでは、「はい」もなかった。

「いつもどういう時に、車を走らせていたの？　あ、というか運転はどこで身に付けたの？」

それも警察からの情報には書いてあった。インターネット上に、運転マニュアル動画のようなものがいくらでも公開されているため、それを見ながら練習をしたという。夜明けすぐの、まだ目立たない時間にオデッセイを盗み、公園の広い駐車場で運転の練習を行っていた。

「でも、もう十九なんだから、免許を取れば堂々と運転できたのに」「はい」「やっぱり、無免許で、というところにわくわくするのかな」「はい」「運転はうまくなった？」「はい」「あの日、事故を起こしちゃったのは何か理由があるの？」「はい」「どうして？」「はい」

やり取りは卓球のように小気味よく続けられたわけではなく、僕としては相手の反応を見ながら、一球ずつコーナーを突く投手のようなつもりで問いかけた。

「はい、って言ったら罰金」「はい」という小学生じみた受け答えもやった。

それから僕は、交通事故について、彼が無免許で起こした事故ではなく、それとは別の交通事故について触れたかったが、やめた。喉元まで出かかっていた言葉が沈み、浮かび、沈んだ。

彼の両親の事故のことだ。

もちろんそのことを話題にするのは、こちらの好奇心や面白半分の気持ちからではなく、彼の今までの人生に関する大事な調査の一つだ。それでも躊躇《ためら》われた。

それまでの問答からしても、彼が心を開いてくれるとは思えず、そのことを口にした途端《とたん》、彼はさらに窓を閉ざし、施錠《せじょう》した上に鎖《くさり》を巻きつけるような予感があった。「閉」と大きく書かれたボタンをあえて押す気にはなれない。

「伯父《おじ》さんとは話をした？」

「はい」

「心配していたでしょ」「はい」

「伯父さん、君は悪い子ではないと言っていた」「はい」

こうなるともはや投げる球がない。

彼が反応を唯一変えたのは、次の質問を投げた時だった。

「あのジョギングの人を、わざと狙ったわけではないんでしょ」

特段の意図があったわけではなく、少し外れた球を投げ、相手の狙い球を確認しようか、という程度、観測球の意味合いしかなかったのだが、それまでバットを振る素振りすら見せなかった棚岡佑真がスウィングしかけたから驚いた。明らかに目付きが変わり、食らいつくような迫力を浮かべた。はっとしたように、体を強張《こわば》らせる。そして、「いいえ」と言った。

「はい以外」の返事が戻ってきたことの重大性に僕は気づかず、「あ、今のはどういう意味？」と聞き返した。が、それ以上は答えがない。

家裁に戻り、木更津安奈に、「武藤さん、それ何かありそうですよね」と指摘されて初めて、もっとそこを追及すべきだったのかと思った。「あれが決め球だったのかな」

「決め球って何ですか？」

「何でもないけれど」

「もしかすると、わざと狙ったんじゃないですか」

「わざと？　彼が、わざと男性を撥《は》ねたということ？　でもいったいどうしてそんなことを」

「いや、わたしに訊かれても分からないですよ」無表情で、木更津安奈は手を左右に振った。「でも、その被害者の人も本当に災難ですよね。まだ若かったんでしたっけ」

「四十五」棚岡佑真が運転した車にぶつかられた男性は即死だった。

「若いのに。主任と同じくらいですよね」

「そうだね」陣内さんの年齢を正確に覚えているわけではなかったが、近いはずだ。

四十五歳で命を失った被害者の、失った未来のことを考えてしまう。黒々とした泥のような苦しみが、もしくは孤独と呼べるのかもしれないが、それが僕の頭の中に流れ込んでくる。体の内側がごっそり空になるかの如《ごと》く、心細さに襲われる。突然だ。突然、死んでしまった。その人生を奪った棚岡佑真の姿を思い出し、胸を絞られる。彼が、その人生を奪ってしまった張本人だ。

「あ、主任と言えば」木更津安奈が声を潜《ひそ》めた。「いつだったかな、少し前に初めて入った喫茶店があったんですよ。個人経営の、昔ながらって雰囲気の店で。そうしたら、奥のほうに主任が変なおじさんと一緒にいて」

「変な、というのはどういう風に」

「あ、変な、とつい言っちゃっただけで、おじさんが変なわけじゃないです」木更津安奈がすぐに訂正する。「陣内さんとの組み合わせが変に見えただけで」

「担当している事件の関係者かな？　付添人《つきそいにん》とか？」少年事件における弁護士のことだ。「打ち合わせをするなら、ここでもいいような気がするけど」

「主任、かなり怒っていたんですよ」

「怒って？」

「何言ってるのか分からないんですけど、書類みたいなのを見ながら。何だったんでしょうね。次会った時に、主任に訊こうと思っていたのに、すっかり忘れてました」

「大家《おおや》だよ」

背後から声がし、はっとし振り返ると陣内さんが立っていた。

「大家って、あのアパートや家を貸してくれる大家ですか」

「それだな」

「家賃払ってないんですか？」

「違うよ」陣内さんはぶっきらぼうに答える。耳の裏を掻《か》く。「子供がいないらしいんだが、自分が亡くなった後、財産をどうしたらいいかって悩んでいてな。それだったら俺が受け継いでやろうと相談に乗っていた」

いったいどこまで本気で言ってるのか、と呆れるが、嘘とも言い切れないのが恐ろしいところだった。

「主任、あのおじさんのこと騙《だま》してるんじゃないですか？　泣かせちゃって」

「騙してねえし、泣いてなかっただろうが」

「半べそでしたよ」

陣内さんも木更津安奈もどちらも思い込みが激しく、物事を断定しがちなので、どちらも信頼しにくい。

少しして陣内さんが黙り、静かになったと思ったが、はっと振り向けば、典型的な覗き見の姿勢で、僕の広げていた資料を読んでいるものだから慌てる。

「何をびっくりしているんだ。浮気相手からの手紙を読んでいるわけではないだろ」

「陣内さんこそ、何で静かに覗いてるんですか」

「覗き見ってのは静かにやるもんだろうが。おまえが、浮気相手からの手紙を読んでいるんじゃないかと期待したからな」

「浮気相手がいる前提で喋らないでくださいよ」「いないのか」「いないですよ」

「いつからだ」「最初からですよ」

「主任のほうこそどうなんですか」木更津安奈が割り込んでくる。「独身なのは知っていますけど、恋人とかいないんですか。彼女でも彼氏でも」

「おまえはどうなんだ」陣内さんが乱暴に訊ねると木更津安奈は、「そういうのセクハラにあたるらしいですよ」と無表情で答えた。

「おまえが投げてきたボールを打ち返しただけだろうが」陣内さんは嘆く。それから話は棚岡佑真の事件のことに戻る。「被害者の家族はどうなっているんだったっけ。娘がいるんだっけか」

「あ、いえ、離婚して一人で暮らしていたようなんですよね。奥さんと娘さんは地方で暮らしていて」

「朝の日課、ジョギングを欠かさずにやるような真面目な人だったんでしょうね」

歩道に飛び込んできた車によって、突如、人生を千切られてしまった男性にまた思いを馳せてしまう。恐怖から頭を振りたくなるが、目を逸《そ》らしてはならないと、調査官としての僕が叱咤《しった》してくる。

さぞや無念だったはずだ。

「あいつはどんな感じなんだよ」

「あいつって誰ですか」

「車で人を撥ねちゃった少年だよ。棚ボタ君あらため棚岡君だ」

「はい、しか言わない病です」「何だそれは」

面接した時の話を説明すると陣内さんはつまらなさそうに、「結局は自分の損になるっていうのにな」と口を尖らせた。

「損得じゃ考えられないんでしょうね」原則検送事件であり、何事もなければ刑事裁判となることをどこまで理解しているのか。

「親はどんな感じなんだ」

「棚岡佑真は、子供の頃から親戚の家で育てられて」僕は照会書に目をやる。「少し、大変な感じなんですよね」

「大変な感じって何だよ」

「両親とも交通事故で亡くなっているんですよ」

面接で、彼に投げかけるタイミングが分からなかった話題が、それだ。四歳の時、家族で高速道路を走行中に前方の車が中央分離帯に激突した。棚岡佑真の父は、おそらく事故を見過ごして先に行くことはできない性格だったのだろう、車を停め、様子を窺いに行こうとしたがそこに後続車両が走ってきた。母親が慌てて父親を引き戻そうとしたところ、二人とも撥ねられたのだ。その痛ましい事故のことを、僕はニュースで見た記憶があった。遠くのどこか、遠くの誰かのやり切れない事件として受け止め、そういった出来事はすでに十分すぎるほど世の中にあったから、特別の関心を払うわけでもなく、そのまま気に留めることはなかった。

車には一人息子が乗っていた、とニュースは伝えてくれていたはずだ。両親を突然失った彼がどういった人生を進んでいくのだろう、と僕は暗澹たる気持ちで思った。はずだ。そのニュースを聞いたその時は。が、すぐに忘れていた。まさか自分の人生において、成長したその子と向き合う場面が用意されているとは予想もしていなかった。

「両親を交通事故で失った子供が、大きくなって、交通事故で人の命を奪ってしまうなんて、ちょっとつらいですね」僕は溜め息交じりに言い、陣内さんの顔を見た。

「まあな」

陣内さんは顔をしかめ、思案する表情になっている。

「どうかしました？」

「ちょっと、棚ボタ君の情報、もう少し見せてくれ」と言うが早いか、僕の机から資料をひったくり目を通す。

「というか、陣内さんもこれ、当然、目を通していますよね」僕は言う。「主任なんですから」と皮肉めいた言葉も付け足した。

「流し読みだったからな」悪びれずに陣内さんは、というよりも自分に非があればあるほど胸を張るような人ではあったのだが、堂々とした態度で資料を読みはじめた。

さすがの陣内さんも、両親を交通事故で亡くした子が、十五年の時を経て今度は交通事故の加害者側に回ったという運命の悪戯、禍々《まがまが》しい偶然には驚かざるを得なかったらしい。

「どうですか？」

「どうですか、ってのは駄目なインタビュアーみたいな質問だな」

「インタビューじゃなくて、普通の会話ですから」

「まあな」陣内さんは言いながらもどこか気もそぞろだった。そして、これは僕に対してというよりも、内心からこぼれ出た、という様子で一言《ひとこと》洩《も》らした。「二度あることは三度ある」

紙に落としたその言葉を潰《つぶ》すように、資料を閉じると、僕に渡してきた。

「ちょっと陣内さん、どういう意味ですか。両親の交通事故、今回の事故、二度あることは次もまた事故がある、って意味ですか？　縁起でもないこと言わないでくださいよ」

「別に俺の予言が当たるとは限らないだろ」

「当たるとか当たらないとかじゃなくて、怖いこと言わないでください」

陣内さんは面倒臭そうに、無言で部屋の外へ出ていった。

「珍しいですね」木更津安奈が言う。

「え、何が」

「主任が、俺の予言が当たらない、とか言うの。いつも、俺の予言は当たる、とか何でもかんでも自分のことは肯定的に言うじゃないですか」

「そうかな」

「まあ、さすがに不謹慎《ふきんしん》なことを言っちゃったと思ったのかもしれないですけど」

「不謹慎なことを気にする陣内さん」僕は呟《つぶや》いてみる。ＤＶ加害者のガンジー、のような違和感を覚えた。

3

片側二車線の車道が十字に交わる交差点の近くだった。朝の六時半、通勤や通学の時間にしてはまだ早いからか車の通りはあまりない。一分のあいだに一台か二台、通過するかどうかといったところだ。

棚岡佑真が車を運転してきた経路を、僕は歩いてきた。

南側からまっすぐ北進する。時速六十キロほどで、制限速度を優に超えた車、それを無免許で運転する彼の視点になってみる。

交差点を右折するために右側の車線に入り、減速することなく交差点に飛び込み、弧を描くように曲がる。スピードが出ているために大きく弧を描く形になるが、そこではかろうじて車道内からはみ出さなかった。とはいえ、バランスを失ったのだろうか、少し進んだところで急に歩道側に飛び込む。そこまでだ。

車道にタイヤの跡が焦《こ》げついている。その線はレコードの溝にも見え、針でなぞれば、事故の衝撃音や被害者のすさまじい悲鳴が、人生を引き剝《は》がされる残酷な音が、再生されるかのようだ。

車道と歩道とのあいだにはガードレールが設置されていたが、その一部が歯抜けになっていた。車が激突し、壊したのだろう。すぐ横にいた被害者の命を奪い、加害者の人生を一息に握り潰した怪物が、景色を抉《えぐ》り取った痕跡《こんせき》だ。

供養《くよう》のための花束が置かれていた。

被害者の関係者による弔《とむら》い、献花もあるだろうが、それ以上に、この事故の報道を見聞きした一般の人たちがいても立ってもいられず、ここに来たのかもしれない。無免許暴走運転により命を失うとは、世の中における、やり切れない死の一つに違いない。被害者に対する同情は大きく、加害者に対する怒りもそれ以上に大きい。同情とやり切れなさ、憤りや哀憐《あいれん》の集積が、この花束だった。世間の関心の大きさを表してもいる。

花の前に立つと、事故直後の大変な状況を想像しそうになった。

棚岡佑真の顔が思い浮かぶ。鑑別所の調査室で俯き、「はい」だけを繰り返す彼は、ガードレールごと人に激突した車の運転席で、いったい何を考えていたのだろうか。

確かフロントガラスには罅《ひび》が入っていた。蜘蛛《くも》の巣状のその割れた痕《あと》をぼんやりと見ていたのか。

事故の時のことを棚岡佑真がまったく話さないため、現場に来れば何か分かるかもしれないと思い、出勤前の早朝にわざわざ足を運んできた。「わざわざ行っても、何も発見できない可能性は高いよ」と呆《あき》れるように言った妻の予想は正しかった。彼女は、それなら息子と娘に朝食をあげるのを手伝ってくれたほうが、少なくとも助かる人間が一人いる、と笑った。

横から、僕の母親ほどの年齢の女性が近づいてきた。

花束の前で手を合わせはじめる。邪魔するのも申し訳なく、離れようとしたところ、「遺族の方？」と声をかけられた。

いえ、と慌てて手を横に振る。むしろこちらのほうが訊きたかったことだ。

「ほんとひどいことよねえ」と婦人が言う。

「ああ、はい。本当に」何についての感想なのかは明確ではなかったが、僕は答える。

「だって、どうせ少年犯罪だからそんなに大した罪にならないんでしょ。人の命を奪ったのに」

少年法は、罰を与えることよりも更生が目的ですからね、と言っても仕方がない。

彼女が求めているのはそのような説明ではないのだ。

「人を撥ねちゃったんだから、自分も撥ねられればいいのに。目には目を、というか」

「ですね」

そういった気持ちは僕にも分かる。少年犯罪に限らない。殺人を犯した人間が死刑にならず、たとえばその理由の一つが、「死者が一名だったから」と聞けば、あまりに理不尽な言い分に、どこからどうつかみかかればいいのかと悩んでしまう。人の命は、一対一の関係にないのか、と。やったもの勝ちではないか、と呆れ、どこかにルールブックがないかと探したくなる。そのルールブック、古くないですか？

「きっとその犯人、反省していないのよ」彼女は言った。「どうせ社会を舐めてるんだから、そういう若者は人を撥ねたところで、困ったな、くらいしか思っていないんじゃないの？」

「どう、なんでしょうねえ」少年が反省しているのかどうか、罪の意識があるのかどうか、どれほど後悔しているのか。おそらく少年本人にも把握できていない。ましてや、会ったこともない誰かが、ニュースの情報だけで、少年の気持ちを言い当てることは難度が高い。とはいえ、その気持ちもまた否定することもできない。社会の人の心は、「きっと」と「どうせ」で溢れている。「ほんと、何を考えていたんでしょうね」

僕たちはそれでも、少年の気持ちを、本心なるものがどこにあるのかを探らなくてはいけない。難しいが、諦《あきら》めてはならないし、その、難しいことを忘れてもいけない。

「免許ないくせに暴走するなんて、ひどすぎるでしょ。もう少し時間が遅かったら、通学中の小学生に突っ込んでいたかもしれないのよ」恐ろしい、と口を手で押さえる。「少年も大人と同じように裁かないと駄目だと思うの」

「そうですね」反論したいとは思わなかった。この場合は刑事裁判となる可能性が高いですよ、と教える必要もないだろう。「ただ、何歳からがいいんだろう、と時々思います」

「何歳から？」

「僕には今、四歳の息子と二歳の娘がいるんですが」

「あら、可愛いでしょうね。うちにも孫が」

「その息子がたとえば、小学生くらいになった時に、エンジンのかかっているバイクを間違って動かしてしまって」

「小学生が乗れるの？」

「間違って、押しちゃったら動いて、そのバイクが人にぶつかってしまったらどうしよう、と」

「想像力豊かねえ。でもそれなんてわざとじゃないんだし」

「中学生だとしたら」

「中学生にも悪いのはいるからねえ。でもほら、悪気がないというか、故意じゃなければしょうがないという部分もあるから。悪ふざけでやった場合は、ねえ」

もしその中学生の家庭環境が劣悪だったら？

人間は機械ではない。成長過程で、まわりからの言動には影響を受けざるをえない。

もちろん、「家庭環境に恵まれなくてもちゃんと生きている人はいます」「そういった人のほとんどが恐ろしい犯罪を起こさないじゃないか！」といった言い分はある。事件を調べている際に、直接、言われたこともあれば、活字として目に入ってきたこともある。言わんとすることは僕にだって受け入れられる。

そもそも、家庭環境にまったく問題のない人間など皆無に近いはずだ。裕福か貧困かという差はあれ、もちろん裕福であることで解消できる問題が多いのは事実だが、完璧な家庭や保護者が存在するわけではない。完璧な家庭の定義すら分からない。自分に子供が生まれて実感するのは、毎日が、「正解はどれなの？」と煩悶する積み重ね、ということだ。育児書を何冊読んでも正解ははっきりしない。以前、陣内さんが真顔で、「その育児書を書いたやつの子供は、どんな風に育ってるんだ」と訊ねてきたが、嫌味や皮肉ではなく、僕もそれは知りたかった。育児書の著者の子供はいい人間、いい大人になっているのか。それ以前に、いい人間とはどのような人を指すのか。

「犯人、両親がいない子だったんでしょ？　まったくねえ、ほんとひどい話よねえ」婦人はさらにそう言う。

そこに至り僕は、彼女が、事故に同情し通りかかった人物というより、もう少し事情通、積極的に噂話をしたい野次馬側の人間なのではないか、と感じはじめた。

「そうですよね、両親がいないというのもひどい話ですよね」僕は贈られてきた言葉を包装し直し、送り返すようにした。

「そうじゃなくて、ほら、どうせそういうことで甘くなっちゃうのよ」

「ああ」そういう話か。

「両親がいなくたって、無免許で人を轢《ひ》いたりしないでしょ。頑張ってる子たちが、怒るわよ」

「怒る、かもしれませんね」当事者ではないにもかかわらず、当事者の気持ちを代弁しようとする人物を、僕は少し警戒する。あの人はきっとこう思うはずだ、と言い切れる人は、自分を正しいと思いすぎているきらいがある。当事者にとって、ありがた迷惑になることを考えていない。

棚岡佑真のことを僕は想像する。

両親を高速道路の事故で失い、その後は伯父に育てられた。

もちろん伯父と伯母が悪い人たちだったわけではない。むしろ彼らは、突然、甥《おい》を育てることになったのだから事故によって大きな影響を受けた、被害者の一人とも言える。好調だった先発ピッチャーが急に乱れ、「おまえ行け」と送り出された中継ぎ投手のような過酷さがある。ブルペンで投げてもいなかった。いや、違う。伯父たちからすれば、まさか登板するとは思ってもいなかったはずで、つまりは、観客席にいたところ、「行け！」と指を差されたのに近い。

「でもほんと、ひどい事故よ。一歩間違えれば犬の散歩をしていたおじいさんも被害に遭《あ》っていたかもなんだから」

「散歩していた人がいたんですか、どこの人なんですか？」

「あなた、警察？」「え」「だって目撃者を探すなんて、警察の仕事でしょ」

深い意図があって口にしたわけではなかった。もし、その場にいた人がいて事故の様子が訊けるのならば、棚岡佑真がどのような運転をしていたのかが分かるのではないか。もちろん、それは警察がすでに調べている。が、目撃者の生の声と、事務的に文章化された資料との間には抜け落ちたものがいくつもあることを、僕は経験上、さほど誇れるほどの経験ではないが、知っている。報道される少年犯罪と、その実情がかなり違っていることは少なくない。

4

婦人が立ち去ったところで犬を連れた男が来た。事故の目撃者！　先ほど、「犬の散歩中の目撃者」の話を聞いたばかりであったから僕は早とちりをし、「あの、すみません」と図々《ずうずう》しく話しかけた。

白とベージュ、その中間の色をしたラブラドールレトリバーには、盲導犬用の装具がつけられていたのだが、そのことに気づいたのは、「事故を目撃された方ですか」と訊ねた後だった。

彼が立ち止まる。「パーカー、ストップ」と言うと犬も静止した。

すらっとした体型の、年齢不詳の彼はサングラスをかけている。連れている犬の様子からしても、彼が視覚障碍者《しょうがいしゃ》である可能性は高く、にもかかわらず、「目撃された方ですか」と質問したのは無神経極まりないことに思えた。口から出た言葉はもうなかったことにできない。咄嗟《とっさ》に、「あ、すみません」と謝罪が口を出たが、それがかえって相手の障碍を意識した失礼なのではないか、と思ってしまい、さらに、「あ、すみません」を重ねた。

相手はふっと笑い、僕の声がするほうに顔を向けた。「ここが事故のあった交差点？」と彼は言う。

「ここの交通事故のことを知っているんですか」やはりこの人がその、当日犬の散歩をしていた目撃者だったのか。

「いや、僕も今日ここには初めて来たんだけれど。野次馬みたいなもので」彼は苦笑した後で、「馬じゃなくて、彼は犬だけれど」と犬に手を優しく向けた。

「盲導犬ですか」

「パーカー」

「チャーリー・パーカー」僕の口からふとその名前が出たのは、昔から陣内さんがそのサックスプレイヤーの名前をしょっちゅう口にするからだ。ひゅるひゅる、鳥がジェットコースターみたいに滑空するアドリブがもう最高だ、と力説する。僕としては、ああはいそうですか、としか言いようがない話題ではあるが、ある時、少しは返事をしたほうがいいだろうと、「それなら陣内さんもサックス奏者になれば良かったじゃないですか」と言ったところ、「武藤、おまえは、世界で一番美味いカレーを食べたら、カレー屋になりたいと思うのか？」と問われた。話を合わせて相槌《あいづち》を打っただけであるのにどうして責められなければならないのか、まったく理解できなかった。

「盲導犬がいるとやっぱり行動範囲って広がるものですか？」何か言わないと、と思っただけだ。

「やっぱり慣れていない土地は怖いよ」彼が答える。「パーカーもきっと恐る恐るじゃないかな」

「なのに、今日はここまで？」

「わざわざタクシーで来たんだ」彼は肩をすくめる。頭髪は短く刈られていた。スポーツマンというよりは、ファッション雑誌に出てくるモデルのようでもあったが、年はそれなりに上なのかもしれない。「すぐ近くで降りて」

「タクシーでわざわざ？」

「野次馬の鑑《かがみ》だよね」彼は自ら言う。「現場までタクシーで盲導犬と一緒に来て、うろつくなんて」

「警察犬でもないのに」

「事故を目撃した人がいるらしくて、僕がその人から話を聞ければと思ったんだけれど。近くに、そんな人はいないよね」

「あ、実は僕もさっき、その話を聞いていて、気になったんです。事故の時、犬を散歩していた人が」

思えば、おじいさん、という話だった。

「ああ、それでそれが僕のことだと思ったんだね。でも、もし目が見えるようになったとしても」と少し顔を歪《ゆが》めた。「交通事故の場面は嫌だな」

「被害者の関係者なんですか」

「いや、無関係者なんだ」笑った彼は、なのにどうしてわざわざ、と僕が訊ねるより前に話す。「その目撃者、高齢の男性らしいんだけれど、なかなか無愛想らしくて。犬を連れた僕ならもう少し話をしてくれるんじゃないか、と考えたんだ。犬好き同士は分かり合えるはずだ、と」

「誰が考えたんですか」

「僕の」彼は少し地面に顔を向けたまま、黙る。次に続く言葉を真剣に考えている様子で、ほどなく、「友達が」と続けた。「だから、おまえがまず仲良くなってくれ、と言われて」

「自分でやらずに、人任せですか」

「日頃、家にこもりがちな僕をそういう口実で、外に出そうとしている」

「あ、なるほど」

「というような考えはまったくないんだ」

「ないんですか」

「自分でやるのが面倒になっただけかもしれない。『永瀬《ながせ》、おまえちょっと行って、事故の時の話を聞いてきてくれよ。犬は犬同士、飼い主は飼い主同士で分かり合えるはずだ』」

「ひどい友達ですね」思わず素朴に漏《も》らしてしまい、慌てて謝罪の言葉を続けたが彼は気にした素振りもなく、「いや、本当にひどいんだ」と息を漏らす。「こういう役割もこれがはじめてではないよ。人任せ、犬任せ」

いつの間にか人通りは増えており、小学校へ向かうランドセル児童たちが近くを通っていく。子供たちは盲導犬の存在に気づき、警戒と好奇心を浮かべながら、遠巻きに眺めた。

「じゃあ、これからその目撃者を探すんですか？」盲導犬を連れた彼がそれをやるのは、まだここが見知った土地ならまだしもそうでないのなら、簡単ではないように思えた。実際、彼は、「少しこのあたりをうろついて、帰ることにするよ」と答えた。

「いったい何のために来たんでしょうね」

「いいんだよ。こういうのもまあ、楽しいからね。陣内にも、現場には行ったと報告できる」

僕の耳はその人名を聞き逃さなかった。あ、と口を開けた状態でしばらく体が硬直した。「あの」と恐る恐る口にする。「僕の職場の上司に、自信満々で何でもできるような態度で、はた迷惑な人がいるんです。負けず嫌いで、変なことにこだわるし、無茶ばかりで。口癖は、面倒臭い、なんですけど、この間は、生意気な高校生を屋上に連れて行って、五時間くらい無理やりギターソロを聴かせ続けて、泣かせてました」

彼は、唐突な僕の告白にきょとんとしていたが、話を聞いているうちにこちらの意図に気づいてくれたのか見る見る表情をほころばせた。少し肩をすくめると、「世の中にそういう人が二人いてほしくないね」と歯を見せる。

5

東京家庭裁判所の入り口は、空港の保安検査場と同様、荷物のチェックがある。金属探知機のゲートをくぐり、手荷物チェックを受けなくてはならない。

僕たち職員は身分証を提示すれば、その横の通路を進んでいくことができる。

「頼むから、ちゃんと持ってきてくださいよ」と声がするために目をやれば、陣内さんが鞄《かばん》の中をひっくり返していた。身分証をしょっちゅう忘れるため、いつも荷物検査をされる上に、鞄の中には探知機でひっかかるようなものばかりが入っている。ワニのおもちゃや小さいボールが出されていた。警備員が、「頼むから身分証を持ってきてくれ」と言いたくなるのもむべなるかな。

エレベーター前のところで立っていると陣内さんが鞄をごそごそとやりながら、

「お、武藤、待っていてくれたのか」と言う。

「何で待ってなくちゃいけないんですか」と返したものの、実際は待っていた。

上階へ向かうエレベーターの中はほかに数人いた。上昇をはじめ、自分の体重がすっと底に抜けていくような感覚がある。

「陣内さんって昔、レンタルビデオ店の店員に告白したことがあるんですか?」

それは前日から僕が隠し持っていた、いわば、とっておきのクラッカーだった。満を持して鳴らす緊張から、少し声が上擦《うわず》った。周囲にいる職員も無関心を装いながら、明らかに好奇心を漂わせる。

陣内さんは、「はあ?」と顔をしかめてきた。見当違いだったかと後悔したところ、「ああ」と遠くを見る目になり、表情を歪めた。頬《ほお》に赤みが差すようなことはなかったが、目がくるっと動いた。「何だよそれは」と答えながらも、どうして僕がそのことを知っているのか、と必死に考えているのは見て取れ、僕はそれだけでも満足した。

「陣内さんもそういうこと、するんですね」と言ったのは、エレベーター内の後ろに立っていた、僕より年上の女性だった。こちらのやり取りが聞こえたらしい。僕としても、聞こえるように喋ったところはあった。彼女は別の部署の職員だったが、陣内さんは裁判所内でも有名だったから、「レンタルビデオ店員への告白」には興味を抱いたのだろう。

「そうらしいんです。学生の頃の話のようなんですが」僕は振り返り、その女性にわざとらしく潜めた声で伝える。

陣内さんは舌打ちをした。エレベーターを降りたところで、「会ったのかよ」と言った。さすが頭の回転は速く、僕の情報源を絞っていた。「おまえもあの現場に行ったのか」

「永瀬さん、いい人そうでした」

「何で嬉しそうなんだよ。で、おまえは犬の目撃者と話はできたのか？」

「犬のおまわりさんみたいな言い方しないでくださいよ。犬を連れたおじいさん、ですよね。陣内さんも警察資料を読んで気になったんですか」

「あのおっさん、むすっとして、何も話してくれなかったんだ」

「陣内さん、その人に会った、ということですよね？　目撃者に」

「まあな」

「どうやって」

「この間、俺があの交差点にいた時に、通りかかったんだよ。少し喋ったら、目撃者だって言うじゃねえか。詳しく教えてもらおうと思ったんだが、愛想なく、チワワを抱えて行っちまってな」

部屋に入り、陣内さんが自分の机についても、僕はその横に立ったまま話を続けた。

「陣内さんが遠慮なく、いろいろ聞いたから警戒したんじゃないですか」

「ちゃんと、サーってつけたぜ」

「サー？」

「英会話の本に載ってるだろ。名前の分からない目上の人に話しかける時は、サーと言えってな」

「英語じゃないですからね」「面倒臭いんだよな、日本語ってのは」「そうですか？」「丁寧語やら敬語やらあるからな。喋った瞬間に、相手と上下関係ができちまう。そうだろ？『A様、今日はどこからいらっしゃったんですか？』『自宅からだぞ、B君』このやり取りを聞いて、どう思う？ A様とB君、どっちが立場が上だ」「そりゃまあ」「だろ。日本語ってのは、言葉にその人のポジションがくっついてるわけだ」「まあ、そうですけど」陣内さんの言わんとすることは理解できるが、僕はそういった日本語の特徴が嫌いではない。その特徴のためか、イエスとノーできっちり答えるのではなく、「まあまあ、そこはほら」と曖昧な形でやり過ごそうとする傾向も、白黒はっきりつける文化よりは好ましく思えた。

「僕が訊きたかったのは、陣内さん、何で事故現場に行ったんですか、ということです」

「仕事に熱心なのはおまえだけだ、と言いたいわけか」

「いや、僕がどうこうじゃなくて、陣内さんがそんなに熱心なのが意外で」

「驚いたな」陣内さんは足を伸ばし、背もたれにこれでもかというほどもたれかかり、ほとんど寝ているような恰好になった。両手は頭の後ろで組んでいる。「こんなに仕事に熱心なのに、武藤には伝わっていなかったとはな」

「失礼しました」

「特に理由はねえよ。棚ボタ君の件は世間で話題だ。ネットニュースにも、あることないこと、まだ書かれてる。しかも担当する調査官が頼りない。俺も独自に動いたほうがいいんじゃねえかと」

「だったらはじめから、陣内さんが担当すれば良かったんですよ」

「分かってれば、そうしたんだけどな」

「何が分かってればですか」

陣内さんは、「何がって、そりゃ、あれだ」と言ったがそれ以上は説明を続けない。「とにかく仕事しろよ」

僕もそこで粘り強く質問をするほど暇ではなく、いつの間にか出勤した木更津安奈が、「朝から何の話で盛り上がってるんですか」と茶化すようにしてきたこともあり、席に戻る。

「おい、武藤。永瀬とはそこで会って、それだけか」

「それだけ、って何ですか」

陣内さんは口をもごもごとさせた。表情を抑えてはいるが、安堵しているようではあった。「ならいいけどな」

「電話番号は交換しましたけど」ほっとした敵兵の脇腹に槍《やり》を突く思いだった。

「何だよ、くそ」陣内さんが舌打ちをした。汚い言葉を口にしたのを中和しようというよりは、単に言いたくなっただけだろうが、すぐに、「サー」と言い足した。


昼休み、僕が弁当を食べていると陣内さんが通りかかり、「おまえのためを思って言うけどな、永瀬たちから連絡があっても、関わらないほうがいいからな」と言った。さも今、気になったから助言しただけ、という素振りを装っていたが、自分の陣地を必死に守るような作為は見え見えだった。

「永瀬さんたち、ってどういうことですか。ほかにも友達がいるんですか？」

余計なことを言ってしまったと悔《く》いているのもまた、僕からすれば愉快《ゆかい》だった。

「悪い奴らじゃないんだけどな。虚言癖《きょげんへき》があるから気を付けろ」

「気を付けます」と僕は心のこもらぬ言い方で応じた。

「虚言癖って何のことですか？」陣内さんが消えた後で、向かいに座る木更津安奈が訊ねてきた。噂話に興味などなさそうではあるが、情報は一通り入手しておきたい、というタイプなのだ。油断していると横にいる。

詳しく説明するのも億劫《おっくう》だった。とりあえず、陣内さんが事故現場に足を運んでいた事実についてだけ話した。

彼女の返事は僕のものとほとんど同じだった。「そんなに熱心でしたっけ？」

「だよね」

「主任って、ほんとよく分からないですよね。『ガキなんて甘えてるだけだから、こっちが一生懸命やればやるほど駄目になるんだよ、適当でいいんだよ適当で』とか、しょっちゅう言ってるじゃないですか。なのに、急に、前のめりで親身になる時もあって。いったいどうしたのかと思うと、あいつは、何とかってジャズのアルバムの良さを分かるいい奴だからな、とか言って。あれ、何なんでしょうね、公私混同というか、エコ贔屓《ひいき》というか」

「そういう部分はあるね」

「あ、わたし、一つ思いつきましたよ」

「何を」

「主任がどうして現場に行ったのか。どうして急に、その事件を気にするようになったのか。その理由が」

「分かったの？」

「昔、主任が担当した子なんじゃないですか？」

「え」

「自分が担当した少年が、また事件を起こしたとなれば、さすがに気になるじゃないですか」

言われてみれば、棚岡佑真の照会書に目をやったあたりから、陣内さんの様子が少し変わったように思う。「彼の両親のことを、僕が話した時くらいからだ」

「親のこと？」

「棚岡佑真は、事故で両親をいっぺんに亡くしているんだ」

「ああ」木更津安奈もさすがに声に、感情の色を浮かべた。彼女もこの仕事の経験上、親の不仲や不在、もしくは暴力が、子供に与える影響は確実にあると分かっているのだろう。立派な親とは、立派な時代が存在しないのと同様に存在しない。ただ、庇護者《ひご》、障害物、反面教師といった親の存在は、いるのといないのとではだいぶ違う。「もしかすると主任、それで、ぴんと来たのかもしれませんよ」

「俺の知っている少年かも、と？」両親を事故で亡くした、という境遇はありふれているわけではないはずだ。

「ただ、もし昔、事件を起こしている少年なら記録に残っていますよね」

「それはなかった」

「仕事以外での知り合いなんですかね」

「どうだろう」

そう言った僕の頭の中を、引っ掻くものがあった。「昔の事件」という言葉がボールのように弾み、その刺激で大事なことが閃《ひらめ》くような予感があった。何か引っかかるものを覚えたのだ。が、「棚岡佑真はもしかして」とまでは思うものの、具体的な言葉がつながらない。

すると木更津安奈は、「こういうのはああだこうだと考えても分かるわけないので」と言ったかと思うと、「直接、訊いたほうが早いですよ」と立ち上がる。「主任、ちょっと教えてほしいんですけど」と戻ってきた陣内さんに質問をした。

6

棚岡佑真の伯父、棚岡清《きよし》には事件を受け持った直後、裁判所まで来てもらい、話を聞いてはいたのだが、陣内さんからの新情報を得て、再度会う必要を感じた。約束していた日程を二度、延期された末、自宅まで来てくれるのならばと言われ、練馬区のマンションまでやってきた。

「なかなかお会いできず申し訳ありませんでした」

立地や外観の貫禄から考えると安いマンションとは思えない。訪れたのは夕方四時でまだ日が落ちる前だ。室内はずいぶん暗かった。大型のテレビとそれに向き合うソファがあったが、テレビ脇に置かれているリモコンには明らかに埃《ほこり》が載っている。大きな書棚には英語のタイトルの専門書や百科事典が並んでいた。オープンキッチンは清潔感があり、そこに積まれたインスタントラーメンが、料理がほとんど行われていないことの証人だった。

「やっと、大学のほうの仕事をきりのいいところまで終えられたので」眼鏡《めがね》をかけ、髪は少し薄い。目の赤さは睡眠不足のせいだろうと想像できた。前回会った時は、私立大学の薬学部教授という肩書がぴたりと来るような理知的な男に感じた。今は、弱々しく家にひきこもる初老の男といった様子だ。普段着のせいもあるかもしれない。見るからに憔悴《しょうすい》が進んでいる。

「大学は大変な時期なんですか？」僕は単に、大学の試験や実験指導などで忙しいのかと訊ねたが、口に出した直後、そういう意味ではないと察した。

「まだ電話がかかってくるみたいですしね。学生にも迷惑をかけちゃっています」

棚岡佑真の事故はニュースで大きく報道され、昨今の傾向通り、加害者情報がネット上に飛び交った。もちろん僕たちからすれば困るし、憤りもある。「またか」の気持ちもある。これはもはや、少年事件が起きた後に発生する竜巻のようなもので、つまり防ぎようのない天災じみたもので、憂慮《ゆうりょ》するよりもまずは被害ができるだけ少なくなるように対処すべきなのだ。

「弁護士さんにも相談していますし、大学側もいろいろ配慮してくれましたが、さすがにそろそろ、休んだほうがいいと思いまして」

私立大学の雇用体系がどうなっているのかは分からないものの教授が簡単に休みを取れるとは思えない。

棚岡清はキッチンに一度戻り、「麦茶しかないんですが」と小さなグラスを持ってきた。その姿は、事件後の彼のあたふたとした様子そのままなのかもしれない。「昔から家内が麦茶だけは切らしていなかったので」

彼の妻は、つまり棚岡佑真を育てた伯母は、二年前に癌《がん》で亡くなっている。料理を作る気にもなれず、風呂にも入らない日々が続くが、麦茶だけは飲み、容器が空になれば薬缶《やかん》で湯を沸《わ》かし、それだけが「生活の行為」です、と彼は言った。

「ご遺族にもお手紙を書きたいと思っています」

棚岡佑真の暴走運転により亡くなった男性は、ほとんど身寄りがなく、数年前に離婚した妻子も戸籍上は縁が切れているため、遺族と呼ぶのが正しいかどうかは分からなかったが、事件の反省を示すという意味では、棚岡清からはもちろん棚岡佑真からも謝罪の手紙を送るべきだ。

「弁護士さんとももう少し連絡を取りたかったので」

少年事件の場合も、弁護士をつけることはできる。付添人と呼ばれ、通常の刑事事件とは少し異なる役割を担う。家裁送致から審判までがおおよそ四週間以内と短い間で調査官や裁判官と情報交換をし、少年の処分を軽くすることだけでなく、更生への道を探す必要があった。とはいえ、弁護士もプロなりの成果を出したいという気持ちはあるだろう、少年の処分を軽くすることで、「やってのけましたよ」と胸を張る者はいるし、一方で、非常に事務的な行動しか取らない者もいる。熱心に行動し、的確な意見を言うことで、裁判官からの信用を得て、意見書の内容がほとんど裁判官に採用される人もいる。

棚岡佑真の付添人は、ごく標準的な弁護士に見えた。燃え上がるような熱意はないかもしれないが、過去の経験から適切な対応を取るすべを知っている様子で、僕と会った時もてきぱきと、やらねばならぬことを整理した。

「前回、武藤さんと最初に会った時は、私もだいぶ混乱していて、何を話したのかも覚えていなくて」

「佑真君は悪い子ではない、と言ってましたよ」

裁判所という馴染《なじ》みのない場所で緊張していたこともあるだろうが、事件直後のせいもあり、棚岡清は鎧《よろい》を被《かぶ》っているかのようだった。僕が敵か味方かも分からなかったからか、「佑真はいつも頑張ってきたんですよ」と訴えることを繰り返した。「優しい子なんです」と。僕がそこで、「無免許で、よく、盗んだ車を運転していたことは知っていましたか？」と訊ねると、彼の顔には影が落ち、半べそをかくような面持《おもも》ちでかぶりを振った。「そうなんです。一応、親のつもりで頑張ってきたと言っても、私は、佑真のこと何も知らなかったんですよね」と溜め息をついた。

「何も、というわけではないと思いますよ」慰《なぐさ》めのつもりではなかった。彼は、そして亡くなる前の彼の妻も、佑真君に対して無関心だったわけではない。そのことは伝わってくる。ただ、「無免許運転の遊び」を把握していなかった上に、そのことがこれほど大ごとに繋がってしまったのは、不幸としか言いようがなかった。

僕はグラスの麦茶に口をつけ、「ところで」と本題に入る。

先日、木更津安奈が陣内さんから手に入れた情報だった。はじめは面倒臭そうで白を切る素振りだったが、僕も加わり、「どうして陣内さんは、あの事件を気にかけているんですか」としつこく詰め寄った結果、ようやく教えてもらえたのだ。

「佑真君は以前も交通事故に巻き込まれているんですね」

「佑真の両親が、ですね。高速道路で」

「いえその後です。今から十年前、小学生の頃」

棚岡清は僕に目を向けた。彼自身もそのことを久方ぶりに思い出したかのようだった。よく御存じで、と言いたげだ。「別に隠していたわけではないんですが、すっかり抜け落ちていました。佑真にとってもいい思い出じゃないですからね」

小学校の通学中、暴走した車が歩道に乗り込んだ。そこには、交通規則を正しく守って信号待ちをしていた小学生三人がおり、一人が死亡した。

三人のうちの一人、撥ねられた子の隣にいたのが棚岡佑真だった。

「照会書には書いていませんでしたが」

「あ、書いたほうが良かったんですか」

僕のほうから保護者に向けて提出を求める照会書には、少年についてのさまざまな情報やこれからどう少年を支えていくかの考えなどを書いてもらう。確かに、小学生の頃の事件を、当事者というよりは目撃者であったその出来事まで、何でもかんでも書く必要があるとは言えなかった。

「三人仲良かったんですよ。家も行き来していたようで。私は仕事で、その頃もほとんど大学にこもっていたんですが、妻からよくその三人組の話は聞きました」

「事故で、佑真君は相当、ショックを受けたんでしょうね」聞くまでもないだろう。

「ショックが大きすぎて、こういう言い方は変ですが、佑真にとっては悪い夢、大きな悪夢のようなものに感じられたのかもしれません」

「現実のことじゃないような、ってことですか」

「子供だったこともありますし、いや今だって佑真は子供ですけど、記憶からこぼれちゃったんじゃないですかね。すぐには無理でも、どうにか日常生活に戻れました」

「埼玉《さいたま》からこっちに引っ越してきたのは、その事故のせいですか」

棚岡清は否定しなかった。「でも、やっぱりそういう記録って残っているものなんですか」

「え？」

「佑真は当時、もちろん事故は目撃していたので、その事故の後、警察にも話を聞かれました。ただ、被害者というわけでは、厳密に言えば被害者ですが、どちらかといえば」

「関係ないですよね」目撃者とはいえ、部外者に近い。

「武藤さんがそのことを知ったのは、記録が残っていたからですよね。もしくは、近所の人から聞いたんですか？　でもこっちに越してきてからはその話をしたことはないから」

正直に話すことが正解なのかどうか、判断がつかなかった。が、目の前で疲弊《ひへい》し、憔悴の固まりとなった棚岡清に、これ以上余計な気がかりを与えるのも忍《しの》びなく、「その時の事故も運転していたのは、少年でした」と話した。

ああ、と棚岡清は愉快さのない感慨、呻《うめ》くような声を漏らす。「少年のよそ見運転です。なるほど、そういう意味では、あの犯人のことも家裁の調査官が担当していたわけですね」

「はい」

陣内さんがその担当者だった。埼玉の家裁にいた時に受け持ったという。「あの時俺は、現場にいた子供と喋ったことがあるんだよ。事故現場にいた二人」と顔を歪めた。「あのうちの一人が棚ボタ君だったわけだ」

「調査の過程で会ったんですか？」主に加害少年の調査を行う僕たちも、被害者やその関係者に話を聞くケースはある。ただ、事故直後で、精神的に不安定になっている小学生に、いくら目撃者だとはいえ、わざわざ声をかける必要は感じられなかった。

「あいつらのほうが家裁まで来たんだよ」陣内さんがいつになく深刻な口ぶりになった。「二人で」

「二人で？　小学生が？」

「どこかで、犯人の処分は家裁のおっさんたちが決める、と聞いたんだろうな。受付で、『車で僕たちの友達を殺した人を、許さないでください』とわあわあ、うるさくてな」

「それは」つらい。

「受付のところで騒ぎになって、たまたま俺が通りかかったら、あいつらは俺が目当てだった、というオチだ。担当だったからな。で、話を聞いてやった」

彼らとしては、仲の良かった友人を車で殺害した犯人が、憎くて仕方がなかったのだろう。僕は奥歯を噛んだ。

「その時にな、どっちかが言ったんだよ。僕のお父さんとお母さんも交通事故で死んだ、ってな。どうしてこんな目に遭わなくちゃいけないのか、と俺にがんがんぶつけてきやがった」

「陣内さんは何と言ってあげたんですか」

「車が発明されなければ良かったよな、とは言った」

そんなことを言われたところで、子供は慰められない。子供でなくとも慰められないが、陣内さんもからかうつもりで言ったのではないだろう。実際、目の前の陣内さんは僕にも、「その瞬間は、車の存在を恨んだんだ」と申し訳なさそうに話した。

「で、このあいだ棚ボタ君の話の時に、武藤、おまえが、両親を高速道路の事故で亡くしたとか言うから、どこかで聞いた話だと思ったんだよ。照会書を見たら、棚ボタ君は埼玉に住んでいたってあるしな」

「それで事故現場を見に行ったんですか？」

昔、担当した事件の関係者が、また事件を起こしたことに関心を持つのは分かる。「あの時の子供がこんなに立派になって」という感激の、まったく逆のパターンではあるが、気にしないほうが無理だ。が、そこから事故現場に出向く、という行動までには、ずいぶん隔《へだ》たりがあるように思える。

「お祓《はら》いでもしたほうがいいんじゃねえかと思ったんだよ」

「お祓い？」

「棚ボタ君は、交通事故に巻き込まれるのは三度目だぞ。両親、友達、自分だ。しかもどれも人の命が絡《から》むほどのでかい事故だ。さすがに怖《こえ》えだろ。お祓いしたほうがいいだろうが」

「それで現場に行く必要ありますかね」

「たまたま行きたくなっただけだって。あれかよ、あの交差点はおまえのものなのか。おまえしか行っちゃいけねえのか？　俺が行ったっていいじゃねえか」

自分に都合が悪くなると子供じみた物言いで、まくし立ててくるのはいつものことだった。

「あの時の犯人は別に、死刑とかになったわけじゃないですよね」棚岡清が言ってくる。麦茶を飲みほした後だ。

ふざけ半分ではなく呟かれる「死刑」の音は重かった。

少年犯罪は特殊ですからね。それ以前に交通事故の場合はまた別ですから。通常の殺人事件でも死刑になるのには条件がありますから。さまざまな文章が頭の中で巡り、蜘蛛の巣のように絡み合う。「ええ」とだけ答えた。少年院送致で数年で社会に戻ってきたのだ、と言うこともできない。

「今、いくつになっているんですか」

「十年経っているので、二十九です」

棚岡清は少し顎《あご》を上げた。僕を見たのかと思うが、視線は合わなかった。力のこもらぬ目で、室内を触るかのようだ。「佑真と同じですね。十九で事故を」

「そうなりますね」

「あの犯人を救った法律が、今度は、佑真を助けてくれるということですか。皮肉というか、不思議な。確か、あの時の犯人は、免許は持っていたんでしたよね」棚岡清は肩を落とす。こうして見ているうちにも萎《しぼ》んでいきそうだが、僕には空気が漏れている穴を塞《ふさ》ぐことはできない。「佑真のほうが無免許の分、悪質ということになるんでしょうか」

確かに、無免許であることは大きな違いだろう。少年法では、無免許で人の命を奪えば、故意があると判断される。もともとそうだったわけではない。現実に少年の犯した事件が、それに対する世間の思いが、法律を少しずつ変形させた結果だ。

「佑真君本人から詳しく聞かないと、何とも言えません」

十年前の事故についていくつか話を聞くことにする。「もう一人の友達は今、どうしているんですか」

「もう一人？　確か、守《まもる》君といったかな。どうしているんでしょう」彼は言った後で、「もしかすると、佑真の部屋に、昔の年賀状があるかもしれません」と居間から出ていこうとする。僕が、その守君に会いに行くものだと決めつけている様子だった。「あ、部屋、見ますか」

本人不在の時に部屋に入り込むのは、心苦しく、しかも思春期少年の部屋となれば、ますます繊細なエリアに思えたが、「遠慮します」の一言が言えず、つまり僕にも少し関心があったのだろう、気づけば六畳フローリングの部屋に入っていた。

予想以上に整理されている。学習机の上には国語辞書と英和辞書、予備校のテキストがいくつかあるだけだ。壁にポスターが貼られているわけでもない。てっきり事故後、棚岡清が整えたのかと思ったが、そうではないと言う。「綺麗好きというか、ちゃんとしている子なんです。妻が昔から、『部屋を綺麗にすると、気持ちが落ち着くよ』と教えていたからですかね」棚岡清は押入れを開けた。ファイルを取り出すと、

「佑真、住所録がわりにこれに年賀状を入れていたんです」とめくりはじめる。

僕はその間、書棚を眺めた。流行《はや》りの小説や夏目漱石《なつめそうせき》が何冊かあった。目を引いたのは古いコミックだ。三冊で、背表紙の文字も薄れているほどだったが、それだけがぽつんと置かれ、特別扱いされているように見えた。そっと手を伸ばし、取り出す。カバーをめくったところには漫画家のイラストがあり、近況のようなものが書かれていた。内容は、少年漫画の王道ともいえる、剣や魔法の出てくるファンタジーだ。出版された日付を見れば、十年以上前で、つまり棚岡佑真が小学生、事故で友人を失う前のものだと分かる。

佑真にとってあの事故は大いなる悪夢のようなもので、記憶からはこぼれてしまったのではないか、と棚岡清は言った。が、そこに置かれている古い漫画本三冊は、死んだ友達と、死なせた犯人のことを記憶するための印、目覚えの杭《くい》のような、夢とは正反対の実感を伴っていた。忘れたいのではなく、忘れてなるものか、という思いがそこに見えた。

「小学生の頃の事故のことは、佑真の処分にプラスになるんでしょうか?」棚岡清が真剣な声で訊ねてきた。「弁護士にも伝えたほうがいいでしょうか」

あの事故があったから、このような事件を起こしてしまったのかもしれません。そういった説明がそれなりに説得力を持つ可能性はある。裁判官が事情を汲《く》み、手加減することもゼロではない。が、今回の場合は果たしてどうなのか。友達が事故死しているにもかかわらず、十年後に自分が加害者側に回ってしまった。そのことを主張することで、何らかの酌量《しやくりよう》が期待できるとは思いにくかった。

7

調査室で会った棚岡佑真は薄い色のジャージ姿のせいでもないだろうが、相変わらず生気がなかった。それならば、前回よりはガードが弱くなり、こちらの質問にも答えてくれるのではないか、少なくとも、「はいオンリー」返答主義は取り下げているのではないか、と期待したのだが、甘かった。やつれた表情ながら、僕の問いかけには無愛想に、「はい」とうなずくだけだった。

僕のほうにも新しい球種はある。「君にとってはつらい話で申し訳ないんだけれど」

「はい」

「十年前の事故のこと、少し聞かせてくれるかな」

初めて棚岡佑真に変化が起きた。すっと顔を上げる。僕のことを初めて人の顔として認識したかのような、目の焦点をゆっくり合わせていく間があった。唇がゆっくり動く。僕の主観からすれば、堅牢強固《けんろうきょうこ》に思われた重い扉が鉄錆《てつさび》をこぼし、軋《きし》む音を発しながらゆっくりと開くように感じ、扉が開いた結果、重い扉の向こうには結局、「はい」の返事だけがあったというオチも覚悟はしていたが、幸いなことにそうはならなかった。「十五年前じゃなくてですか」

前のめりになりそうになるのを、こらえた。「それは君のご両親の、それも本当に大変な事故だけれど、今は、十年前の、お友達のことを」

棚岡佑真の反応は大きくなかったが、顔に引《ひ》き攣《つ》りはあった。ばれてしまったか、と落胆しつつ、どうして知っているのだ、とつかみかかってくるほどではない。僕が事故のことを知る可能性はゼロではない。そのことは彼も分かっていただろう。

「昔のことだからよく覚えていないです」ぼそぼそとながら、彼は答えた。

「ショックだったろうね」

「たぶん」

「車のことは怖くならなかった？」どこまで自然に聞こえるのか、怯《おび》えながらではあるが、僕は内角にボールを投げていくしかない。

棚岡佑真は記憶を辿《たど》り、なぞろうとしているのか、声も少年のようになる。「怖かった」

「いつくらいまで？」

「え」

「これは本当に、無神経で、短絡的《たんらく》な考えなんだけれど、そういう昔の経験があって、車が怖くなったら、車なんて乗りたくないんじゃないかなと思って。無免許で乗り回すなんて、意外で」

棚岡佑真は唇をぎゅっと結んだ。痛いところを突かれた、というよりも、単にむっとしたに違いない。

「子供の頃にああいうことがあったら、運転しちゃいけないってルールがあるわけ？」

「免許がないと運転しちゃいけないというルールは」僕は言う。

彼はそこで、うなだれた。「ですよね。俺のせいであの人」咄嗟の反論とはいえ、事故を起こしたことを棚に上げてしまった自分を、恥じるようだった。手が細かく震えているのは演技には見えない。

「君の自宅で、伯父さんから話を聞いたんだけれど」

「伯父さん、大丈夫かな」彼は、「はいオンリー教」から脱会したことで、今まで戒律により我慢していたことを自分に許したのだろうか、自分から質問をしてきた。

「仕事とか。たぶん、俺のことできっと大変なことに。迷惑かけてばっかりだ」

「伯父さんは、もちろん、まったく何も問題なし、とはいかないけれど、でもトラブルに巻き込まれているわけではないから」不安にさせても仕方がなく、大学の仕事を休んでいることは伝えなかった。「そう言えば、田村《たむら》守君にはぜんぜん、会っていないの」

「田村守？」見知らぬ名前を復唱するようだったが、とぼけている様子でもない。

「小学校の頃の友達で。あの時も一緒にいた」交通事故の際、一緒にいた三人組のうちの一人だ。

僕が言った時にはすでに彼も思い出していたようで、「会っていない。年賀状のやり取りくらいで」と答えた。会いたい？　と質問しようとして、やめた。彼の答えがどちらであっても、今の状況では意味がない。

鑑別所からの帰り道、電車のつり革につかまりながら僕は、調査室で彼にぶつけた疑問についてまた考えていた。

友人を死なせた凶器、車をどうして、わざわざ運転したくなるのだろうか。しかも無免許で。

彼なりの表現なのだろうか。

車の運転は無免許でもできるくらい容易なものです、と証明して、あの時の犯人がいかにひどかったかを示したかったのだろうか。

もしくは、と僕の頭に浮かんだのは、「復讐《ふくしゅう》」という言葉だった。自動車に対する復讐だ。

自動車を憎むあまり、その自動車をぞんざいに扱いたかったのではないか。乱暴なハンドル操作をし、信号を無視し、タイヤを軋ませ、痛めつけたかったのではないか。

すぐに否定する。車への憎悪で、自動車のボディをハンマーで殴ったり、蹴りつけたりするのであればまだしも、無免許で無茶な運転をしたところで、怒りは解消されないはずだ。

復讐するためにはまず敵を知らなくては、とでも思ったのだろうか。

それとももっと単純な、関心からかもしれない。

自分から両親と友人を奪った機械が、いったいどのようなものなのか、人生を簡単に握り潰してもいいほどのたいそうなものなのか、確かめたくなったのか。

少年に何を訊ねるべきで、何を訊ねないべきなのか。

そのあたりの判断は難しかった。

少年と付き合うためのマニュアルめいたものでもあればいいと思うし、「言ってはいけない十の言葉」であるとか、「少年の心を開かせる二十の問いかけ」であるとか、そういった本が世に出てくれないものかと思うこともあるが、現実には、相手の少年によって「正解」は異なるのだ。

「ジャズみたいなもんだよな」陣内さんは以前、言っていた。「相手の演奏に合わせて、即興演奏するのがモダンジャズだ。あっちが押して来れば、こっちは引いて、相手のメロディのおかげで、記憶の中のフレーズが急に思い出されることもある。最終的には、どっちが観客の心をつかむかの喧嘩《けんか》だ。少年事件も同じようなものじゃねえか」

「少年との話は、喧嘩じゃまずいですよ。観客いないですし」譬《たと》えとしていかがなものか。

「まあな」

僕は面接時間の終わりがけ、「十年前の事故、あの時の犯人のこと、何か思うことはある？」と、投げるべきボールなのかどうか判断がついていなかったが、訊ねていた。

「ああ」棚岡佑真の顔がさらに生気がなくなる。奥歯を嚙《か》み締《し》めているのか、顔がぎゅっとひしゃげたようだ。抑えつけられ、蓄《たくわ》えられる怒りがそこには見えた。

あいつのせいで。

その声が僕は聞こえた。あまりにか細く、現実のものとは思えなかった。実際、彼の唇は動いていなかった。

8

小山田俊は部屋の隅《すみ》に積まれている野菜ジュースの一つを僕に寄越《よこ》した。冷蔵庫に入っていないため生ぬるいのだが、「慣れると平気」と彼は言った。

部屋に引きこもってばかりの毎日であるから、栄養のことは気になるし、一応、筋力トレーニングもしているのだとも話す。

「交通事故の少年はどう？」

はじめは何のことかと思った。

「武藤さんの担当している事件だよ」

僕が現在、担当している事件はいくつもあるが、彼が言いたいのがどのことなのかは分かった。とはいえ、棚岡佑真のことを喋るわけにはいかない。試験観察中の君が、他人のことを気にしてどうするのかと嫌味を口にしたくもなる。「それで、頼みというのは」

「この間、話したことだよ。ネット上の犯行予告の件、調べてくれた？」

「いや、まだだけれど」そもそも、アシスタントの仕事を承諾したつもりはない。

「何か事件があったら、武藤さんも気分が悪いでしょ」

「そりゃどんな事件も起きないほうがいいからね」

これ、と小山田俊がまたプリントアウトした紙を寄越してくれた。地図が載っている。埼玉県の東京寄りの住宅地だとは分かった。「ここに爆弾でも？」

「よくある犯行予告は、『何月何日に市役所を爆破する』とか、『次の日曜日に体育館で人を殺す』とかそういうものでしょ。通報があれば警察が警戒する。でもそういったものの大半は、愉快犯だよ。イベントが中止になったり、たくさんの人が面倒を強《し》いられたり、楽しみを奪われたりすることで満足を得る」

「かもしれない」

「実際に、危険なことをやる人は邪魔されたくないから予告なんてしないし、やるとしても具体的なことは明かさない」

「かもしれないね」

「一番怖いのは、人や社会に対する恨みをこつこつ溜め込んで」

こつこつと言われると、不断の努力や貯金を指すかのようだ。

「そこから溢れ出たものが、ネット上に洩れているような人だよ」

手元の紙を見ればそこには、「外から聞こえる小学生の声を聞いていると、無性《むしょう》に殺したくなる」といった文章が並んでいる。先日、渡された紙に書かれていたものとさほど変わらない。「こういうのは通報されないのかな」

「明確な予告じゃないから。ただの雑感とも言えるし」ロボットのように無表情の小山田俊は淡々としている。「ただ、僕の勘だと、この人は本物だよ」

「本物」

「SNSのアカウントを持っているようだったから、少し言葉を投げかけて、誘導して、別のサイトを踏ませてみたんだ。IPアドレスが分かった。で、おおよそ彼が住んでいる場所を絞り込んでみたのがその地図で」

僕は地図を眺めながら、「IPアドレスじゃ、こんなところまで特定できないんじゃないのかな」と言う。

「その通りなんだけれど、そういうことにしておいて」小山田俊は言う。

「どういうこと？」

「たとえば、その人がネットオークションに手を出しているとするでしょ。あくまでも仮定の話だよ。ＳＮＳの投稿でたまたま、何かを落札したことを漏らしちゃうかもしれない。そうだとすれば、近い時刻の取引を見つけることができる。もし、オークションのアカウント情報を覗き見できれば、彼の氏名や住所が分かる。かもしれない」

「ええと」僕の鼓動は二割増し程度の速さになる。「それは、君が、その相手のアカウントのパスワードとかを見つけて、勝手にログインするってこと？」

不正ログインは罪だ。ここで、彼が相変わらず、罪を犯しつづけていると知らされても困ってしまう。

小山田俊は動揺は微塵もなく、「まさか」と否定する。「あくまでも仮定、架空の話だよ。そういうやり方もあるかもね、って話でさ。もちろん、僕はやらない。だって僕は」

「何だっけ」

「試験観察中なんだよ。やるわけがない。ただとにかく僕は、ある程度、エリアを特定することはできた」

「もしオークションの情報なら、その人の具体的な住所が分かるんじゃないかな」

「郵便局留めだと、自宅までは分からないんだ」

「この予告した男は、男と決まっているか分からないけれど」

「男だよ。それくらいは書き込んでいる文章から分かる」

「その男は、局留めで荷物を受け取っていたということ？」そうなるとこの地図のエリアは、郵便局から絞ったものなのだろうか。

「かもしれない」小山田俊ははぐらかす。「僕はオークションのアカウント情報を覗いてないから断定はできないけれどね」

「そうだね。あくまでも、仮定の話だ」

「不正ログインなんてするわけがないよ」

そうだよね、と僕は答えたが、何もかも見透《みす》かしている少年を前にし、果たして彼をそのままにしておいていいのだろうか、という不安もある。毒になるのか薬になるのか分からぬ野草を手にした気分だ。

「今度の月曜日、その地図にある小学校を、確か三つあったと思うけど、そこが気になって」

「小学校？」

「鬱憤が溜まっている人は、自分より弱い人を狙う傾向があるし、その人の場合は実際、何の悩みもなさそうな子供に対する恨みつらみを書き込んでいたから」

「子供にも悩みはあるのに」

「前からこの人、小学生を襲うんじゃないかな、とマークしていたんだけれど、今度の月曜日が危ない気がする」

「え」

「生まれた日に人生を終わらせる、というような書き込みをしているのを見つけたんだ」

「自分の誕生日ってこと？」

「アカウント情報で、誕生日は分かる」

そのあたりの話はもう聞きたくなかった。「それで、この小学校が危ないってこと？　何時くらいに？」

「この人の行動する時間帯を見ていると、夜型ではなさそうだよ。朝じゃないかな。通学中の子供たちを狙うよ」

自信満々で断定されると、僕も少し緊張せずにはいられない。

「でも武藤さん、僕は、そこに行けないでしょ」

「部屋から出れば」

「それにしても埼玉まで足を延ばすのは大変だし、面倒に巻き込まれたら厄介だからね。お外は怖いことばかり」と最後はふざけた言い方をする。

もし小山田俊が小学校近くで、トラブルに遭遇《そうぐう》すれば、「東京の不登校の高校生がどうしてここにいたのだ」と不審がられるに違いない。

「いや」と僕は気づく。「たぶん、僕がそこにいても不自然だよ。どうして、犯行を予想できたのかと言われたら」

「家裁調査官の勘です」

「それはさすがに」

いったいどういった事態が待ち構えているのか、何かがあるのかどうかも分からぬが、万が一、何かあった時に、「いえ、試験観察中の少年が見事、当てました」と答えることもできないだろう。

「僕と違って、武藤さんは大人なんだから怪しまれないよ。不登校でもないしね。とにかく、月曜日が心配なんだ」小山田俊はまるで心配していない様子だったが、そう言った。

「警察に通報しよう。別に、君がネットの情報から推理したと言う必要はない。匿名で、どうやら小学生を狙っている人がいるようです、と言えばその小学校の通学路を警備してくれるだろうし。もし、犯人がその気だとしても、警察や保護者が待ち構えていれば、実行はしないはずだ」

小山田俊は、「もちろん、それでもいいと思う。武藤さんが、警察に匿名で通報するのが嫌じゃなければね」と言ったがどこかつまらなさそうだった。その理由を訊ねると彼はこう答えた。

「だって、警察が警戒態勢を敷いて、それで犯人が諦めたとしたら、僕の予想が当ったのかどうかは分からないじゃないか」

9

学生の頃ならまだしも、他人の家に招待され、しかも食事までごちそうになるのは珍しいことだった。ダイニングテーブルに載ったホットプレートで、お好み焼きをひっくり返した優子《ゆうこ》さんが、「どんどん食べて」と言ってくる。

「無理のない範囲で」と穏やかに、永瀬さんが続ける。彼はフォークを使い、切り分けられたお好み焼きを食べている。「来てもらっちゃったけれど、武藤さんの家族が怒ってはいないのかな」

「ちょうど、妻が子供たちを連れて、実家に戻っているので」義父が急に、子供たちを釣り堀に連れて行きたくなったらしい。明日から週末だし、子供たちを見てもらおうかな、と妻が決めた。僕は仕事の関係で家に残るしかなかったのだが、そこにちょうど永瀬さんから電話があった。「陣内が職場でどんな感じなのかを話してくれないかな」と。

「仕事ぶりですか」

「仕事ぶり、というほど颯爽《さっそう》と働いてはいないだろうけど、何か迷惑をかけているんじゃないかと心配だし」

迷惑ならたっぷりと、と答えそうになった。

「もし良ければうちでご飯でも食べようじゃないか」と永瀬さんは言った。妻の優子も楽しみにしているから、と。

通常であれば、断っていた。ろくに知らない相手の家に行くのは図々しく感じられる上に、気も遣う。それならば、一人きりの自宅に戻り、独身の気儘《きまま》さを愉しむほうがいい。が、それでも僕が、永瀬さんの家を訪れることにした理由は単純だ。

「あの陣内さんと、友達でいられる人ってどういう人かと思いまして」僕が言うと、永瀬さんが笑った。「あの陣内」とその響きを楽しむようにする。

「かのヴォルテールが、みたいな感じで偉そう」優子さんが言った。

陣内さんといつから知り合いなのかと訊ねれば、「陣内が大学生の時に、銀行で。強盗事件に巻き込まれたんだ」と言われて驚いた。

「あれ本当の話なんですか？」人質になったことがあると得意げに話すことはあったが、まともに受け止めたことがなかった。

「あれもまた複雑な事件だったんだけれど。とにかく、その時から陣内は今の陣内と同じで」

「はた迷惑」優子さんは、皿のお好み焼きにマヨネーズでモザイクを作る。

「だけど、いいことも言う」「そうかな」「たぶん。武藤さんはどう思う？」

「陣内さんと同じ職場になるのは二度目なんですけれど、あの人が何を考えているのかはぜんぜん分かりません」

「時々、いいことも言う？」

「ありますけど」僕はそれは認める。「その後ですぐに、『いいことを言っただろ』と押し付けがましいので台無しです」

「俺はいい演奏をしたのに、拍手が足りない」永瀬さんたちが笑って、言う。

「何ですかそれ」

「チャールズ・ミンガスが言ったらしいんだ」

「誰ですかそれ」

「ジャズの。武藤さん、ジャズって聴く？」

「いえ、陣内さんにはいろいろ解説されますけど」

「陣内が勧めれば勧めるほど、人はそれから遠ざかる、の法則」

「わたしもジャズはよく分からないんだよね。古臭いとは言わないけれど、バーとかで流れているのを難しそうな顔をしたインテリが聴いているようなイメージがあって」

「僕もそういう印象が。ジャズを聴くとか、偉そうじゃないですか。先入観ですけど、大人のイメージが」僕が言うと、永瀬さんが、「でも、ジャズにもいろいろあって」と立ち上がる。ダイニングテーブルから移動するとステレオの近くでＣＤケースを触りはじめた。一枚を選ぶと、ボタンをいくつか押して再生をはじめる。

　まわりの家具にぶつかることもなければ、ステレオの操作に手間取ることもない、そのスムーズな動きを、目でずっと追ってしまう。

「ＣＤケースに鋲が入っているから、目当てのものかどうかは分かるんだ」永瀬さんは椅子に座り直すと、僕の疑問に答えるように、実際にはその疑問は抱いていなかったのだが、言った。

音が流れはじめる。靴を弾ませながら、道路を小刻みに蹴るような、低い音とピアノが鳴る。管楽器が続く。

「これ、チャールズ・ミンガスのライブなんだけれど。ミンガスはベーシストでこのバンドのリーダー。サックスが四人、トランペットが一人」永瀬さんが説明する。

お好み焼きを味わいながら、耳をそれとなく音楽に向けた。

「アドリブ合戦なんだ。ジャズはもともとそういう側面がある。これは特にすごい。一人ずつソロを取っていくけれど」

一番手と思《おぼ》しきサックスの音が、駆け廻っている。

「わたしも、これはすごく好きなの」優子さんが体をわずかに揺する。「みんなが順番に、競争しているみたいで」

「競争？　何を競争するんですか」

「誰が一番、観客を熱くできるのか」

「喧嘩みたいに。まあ、それがジャズだといえばそうだ」

「そうなんですか？」前に陣内さんも、ジャズの話の時に、喧嘩、という表現をしていた。

ひゅるひゅると心地好いメロディが流れていく。

最初のサックスが終わると、ベースが少し続き、「二人目」と永瀬さんが言う。バリバリと壁から板を剝《は》がすのにも似た音が聞こえる。バリトンサックスらしい。三人目は、痙攣《けいれん》しながら穴を掘り進むような、時に宙を泳ぐ、そういった音を出し、ジェットコースターが走るような疾走感があり、少し興奮した。

そして四人目だ。

出だしの音がそれまでとは違い、くっきりとし、張りがあり、綺麗な音だと思うがすぐに痙攣気味の音がはじまる。癇癪《かんしゃく》を起こした人が頭を掻《か》き毟《むし》る姿を想像する。が、不快感はない。メロディアスな旋律がまざるからか、頭を掻き毟っていたのは、笑う少年であったように思えた。ほどなく機関車が汽笛を鳴らすかのような音が、地中から噴き出すのにも似た力強さで、聞こえ出した。

咆哮《ほうこう》だ。巨人の嗚咽《おえつ》のようだ。それから鳥の鳴き声さながらの可愛らしいメロディが顔を出した後、びりびりと痙攣した音が続き、またしても生き物の鳴き声じみた叫びに変わる。

歌いながら、雄叫《おたけ》びを上げている。もはや、サックスの音だとは思えなかった。動物があらん限りの声で叫んでいる。息は永遠には続かないはずであるのに、永遠に鳴っているかのようだ。音がかすれはじめ、空に滲んだ飛行機雲同様、薄くなっていく。が、消えない。掻き消えそうでいて、微かな、超音波じみた音は鳴っており、そこからいつ息を補充したのか分からぬが、また音が大きくなりはじめ、僕の胸をつかんでくる。

音は、雲の中にふわっと姿を消す。

その奏者の演奏が終わった。

瞬間、歓声が沸き上がるのが聞こえた。拍手と共に、その場にいた者たちの熱狂が響き渡る。僕もまさにその場にいた気分だ。手を叩くことも、立ち上がることもなかったが、内心では快哉《かいさい》を叫んでいた。

永瀬さんも満足げな表情をしていた。

まだ演奏は続いており、別のサックス奏者のものと思しきソロがはじまったが、僕は終わったばかりの今の演奏への興奮で、それどころではなかった。

「面白いよね」優子さんが言ってくる。

「迫力が」圧倒的なエネルギーに満ちていた。「今の人のは特に」

あれが演奏による喧嘩なのだとすれば、暴れまくり、やりたい放題のノックアウト勝ちだ。

「ほかの人の演奏も最高だけれど、今の、ラサーン・ローランド・カークのは、圧倒的だ」

「カークさん？」

「生まれてすぐ、事故で盲目になって。生まれながらという話もあるみたいだけれど」永瀬さんは穏やかに微笑《ほほえ》む。

盲目であることが、ミュージシャンにどういった影響があるのか、僕には想像できない。コメントも思い浮かばない。迂闊《うかつ》なことを言いたくもなかった。

「たぶん、演奏では誰にも負けないつもりなんだよ。実際、全員、やっつけるんだけれど」

「ですね」ソロが終わった直後の観客の喝采《かっさい》が、すべてを語っている。

「今のはテナーサックス一本だったけれど、普段の彼はだいたい、楽器を三本使うんだ。管楽器を三本同時にくわえて、音を鳴らしたり、フルートを鼻で吹いたりするから」

「鼻で？」そもそも、三本同時に鳴らすことが一人の人間にできるのだろうか？

「昔は、大道芸人みたいに思われていたこともあったらしい。『ライブ』じゃなくて、『出し物』と言われて。でも、音を聴けば、本物なのは分かる。だから、チャールズ・ミンガスはローランド・カークをバンドに入れた。演奏が恰好いいなら、ほかの評判はどうでもいい。本物なら問題ないんだ。チャールズ・ミンガスだって、相当、変わり者だったみたいだけど」

「そうなんですか」

「本で読んだんだけど、ミンガスさんが二人でレストランに行ったら、黒人だからなのか、小さいテーブルに案内されたんだって」優子さんが言う。「ミンガスさん、体が大きいから広いテーブルに替えてくれ、と言っても、『これで十分です』とか言われて。とにかくテーブルは狭いまま。だから、ミンガスは」

「どうしたんですか」

「ステーキを四人前頼んだんだって」

「え？」

「お皿が置けなくて、お店の人もテーブルをもう一個くっつけるしかなかったみたい」

僕は、「陣内さんみたいだ」と言っている。

「わたしも真っ先に、陣内君のことを思い出した。やりそうだよね」

「僕たちは、陣内が東京以外の土地で暮らしている時は、ほとんど会うこともなかったんだ。だから、そういう時に、チャールズ・ミンガスのアルバムを聴くと、どうしても思い出す」永瀬さんは苦々しく言った。

「思い出したくないのに」優子さんも似た表情になる。

ＣＤの再生は依然として続いており、二曲目に入れば、今度は三番手として登場したラサーン・ローランド・カークさんが先ほど以上に豪快な咆哮を聞かせる。ソロが終わった後に湧く拍手と歓声は、贔屓のサッカーチームがゴールを決めた時のような欣幸《きんこう》に満ちている。全身の毛が逆立《さかだ》った。一曲目も良かったがこちらはさらに凄《すご》かった。

「ああ、ソースがもうないね」永瀬さんが言ったのはその少し後だ。ソース容器を持つ手を軽く振っている。

「それ、分かるんですか」僕は言っていた。失礼だったたか、と遅れて、気にかかる。

「ああ、重さと」永瀬さんが容器を斜めにする。「垂れてくる感覚がないから」

「この人、わたしたちよりよっぽど見えてるから、気を抜かないほうがいいよ」優子さんが笑う。

「買ってきましょうか」と立ちかけたが、「大丈夫、僕が行ってくるから」と永瀬さんが腰を上げた。

「外、暗いですよ」言った後で、はっとした。

優子さんと永瀬さんが口元をゆるめている。みんながよくやる反応なのかもしれない。

「この人、お店が停電になっても、頼んだ野菜、買ってこられるからね」と優子さんが言う。

「でも停電だと、レジの機械が使えないかも」

永瀬さんはパーカーを呼んだ。が、なかなか出てこない。テーブルの下を覗けば、寝そべるような恰好をしている。「盲導犬って、こんな感じなんですか？」と訊ねた。

「そんなことないよ」優子さんが笑う。「うちが甘やかしたせいなのか、夜になるともう、閉店のつもりみたい。普通の室内犬になっちゃう」

「しつこく呼べば、さすがに来てくれるけれどね」永瀬さんは言いながら、いつの間にか手に白杖《はくじょう》を持っており、「でもちょうどいいよ。僕も時には一人で行かないと、感覚を忘れちゃうし」と玄関へ向かった。

「感覚？」と聞き返した時には、永瀬さんはすでに声の届かぬところに消えており、玄関ドアが閉まる音が聞こえた。

「わたしたちは目で見るでしょ。でも、あの人、足と耳で見てるんだって。歩きながら距離を測《はか》って、音や感触で周りを確認している。らしいんだけど、もちろんわたしにはよく分からない。わたしたちが思っているような地図とは違う地図を作っているんだろうね」

「地図ですか」

「わたしたちは相手と喋っている時、顔とか表情を見るでしょ。でも、彼がイメージしているのは鼻と口の位置だけなんだって。顔というものは意識していないんだろうね」

「そうなんですか」

「喫茶店とかにいると、周りの席の会話を聞いて、いろいろ見ているんだよ。あの子はあの子と親しそうなことを言っているけれど、実はお世辞を言っているだけのようだった、とか、あの客は内心では怒っていた、とか」

声と言葉の裏に隠された真意を読み取れるということなのだろうか。「見抜いちゃうんですね」

「当たっているのか当たっていないのか分からないけれど」優子さんが目を細めた。

やがて玄関の鍵《かぎ》が動く音がし、永瀬さんが帰ってきた。エコバッグから取り出したソースを優子さんに渡したかと思うと、またダイニングチェアに座った。壁を片手で触ったり、テーブルに手を置いたり、と様々な工夫はしていたがまったくもって淀《よど》みない動きだ。

それから僕たちはまた話をし、まさに歓談と呼ぶに相応《ふさわ》しい時間を過ごした。花を咲かせた話題はどれも、最後にはたいがい陣内さんの話に繋がり、しかもそれは、「陣内さんはほんと、変な人ですね」と決まり文句のようなフレーズで締めることになるのだった。

「僕に無理やりドラムを練習させて、どこかの会社の飲み会で叩かせたこともあったんだよ」と永瀬さんが言った。

その説明に含まれた情報がうまく咀嚼《そしやく》できなかった。「ドラム？　飲み会？　どういうことですか」

「ドラムの練習しておけ、とか言って、教材ＤＶＤと点字のドラム教本を置いていった」永瀬さんは言う。

「勝手ですね」

「でも、あれはあれで良かったよ。陣内が言い出さなければ、僕は人生のうちで、ドラムを叩こうなんて思わなかっただろうし」

「どこかの会社の飲み会ってどういうことですか」

「宴会場に行って、小さいドラムセットをわたしが運んだんだよね。陣内君がギター弾きながら歌って。ジョン・レノンの『パワー・トゥ・ザ・ピープル』を」

「飛び入り参加みたいな感じですか」かくし芸大会のような会社の宴会があるのかどうかは分からぬが、僕はそう言った。

「飛び入り、というか、無許可だよね。あとで知ったんだけれど」優子さんが顔をしかめる。

「何を考えているんでしょうね」そこで、木更津安奈から聞いた話を思い出した。

「最近は、大家さんの遺産相談にも乗っているみたいですし」

「何それ」「大家さんの遺産?」二人が同時に関心を示す。

喫茶店で、年配の男性と話をしていた場面のことを、木更津安奈からの伝聞《でんぶん》であるから自分で見たわけではないのだが、憶測をまじえて話した。相手は半べそだったようです、と。喋りながら、こうして噂話には、尾鰭《おひれ》がついていくものなのだろうとも感じた。

「何考えてるのか」優子さんは苦笑したが、永瀬さんは少し真面目な顔になり、「それ、本当なのかな」と言う。「遺産の相談に陣内が乗る、というのはぴんと来ないよね」

「遺産をもらう気なんでしょ」

「それこそ、らしくないよ」

陣内さんらしさ、とはいったい何であるのか、興味が湧く。「楽して得することはしない、という意味ですか？」

「いや、楽して稼ぐのは好きそうだけれど」永瀬さんは微笑む。「ただ、もし、そうだとするなら、隠れてやったりしないと思うんだ。僕にもっと自慢しているんじゃないかな」

優子さんも、「言えてる」と同意し、その後で、「あ」と目を見開いた。「言われてみれば、わたしも見たことがある」

彼女の説明によれば、一年ほど前、陣内さんが珍しく時計を何度か確かめ、時間を気にして帰ったがために、これは特別な約束があるに違いない、と好奇心を刺激され、こっそりと尾行したのだという。「そんなことがあったね」と永瀬さんも記憶が蘇《よみがえ》ったらしく、声を弾ませた。

「あの時も、おじさんというか、年上の男と難しい顔をして喋っていたんだった」

「あれがその大家さんなのかな」

「その時は、仕事の関係者かと思ったんだよね。わたしたちも、陣内君の仕事のことはよく分からないから、専門家とかに話を聞いてるんだと思って」

「もちろんその可能性もゼロではないですよね」

「もしくは」優子さんと永瀬さんが同時に言った。

「もしくは？」

「お父さんとか」「陣内の父親かな」二人はまた声を重ねた。

「陣内さんのお父さん？」陣内さんの親のことなど今まで考えたことがなかった。

「複雑な関係なんですか？」

「複雑というか、単純というか」「ほとんど絶縁状態のはずだけれど。陣内、思い切り殴っているしね」

「陣内さんが？　殴ったんですか？」

「意外？」

僕は、ええ、と答えかけたところで真面目に考え、「いえ」と言った。意外ではありません。

10

「武藤、前から言うように、おまえは細かいことを考えすぎなんだよ。田村の住所が分かったんだろ？　だったら、そこに行って、『守君、お話聞かせて』と言えばいいじゃねえか」

職場の机で、年賀状を眺める僕に、陣内さんは呆れた声で言った。

「というか、田村守って誰だっけか」

「十年前、棚岡佑真と一緒に学校に通っていた友達ですよ」三人で登校中、一人が車に撥ねられた。田村守からの年賀状は三年前のものであったから、今もそこにいるのかは分からない。

「まずは行くしかねえだろうが。行ってみて、会えればラッキー、そんなもんだろ」

「陣内さんのほうが行く気満々じゃないですか」僕が言うと、前にいる木更津安奈が、「たぶん、埼玉に行って、仕事さぼろうと思ってるんですよ」と指摘した。

「馬鹿言うなよ。さぼっても、仕事はなくならねえだろうが。外に出て、困るのは俺なんだよ。なのに、俺がわざわざ付き添ってやるんだぞ。感謝されこそすれ」

「陣内さんも来るんですか？　行くとしたら休日ですよ」

「おまえが心細そうだからな」

「いや、僕が心配しているのは、田村守に話を聞いていいのかどうか、ということで」

家裁調査官は警察とは違う。事件の捜査のために、容疑者の周辺を無闇《むやみ》に聴き込むわけにはいかない。そもそも少年犯罪の場合は実名報道がされないのだから、おおっぴらに訊いて回れば、少年が誰であるのか、誰がどの事件に関係しているのか、を言い触らしているのと変わらない。しかも今回の、棚岡佑真の事件は、「未成年者による無免許無謀運転で、ジョギング中の男が死亡」としてそれなりに世間の口の端《は》に上った。容疑者の名前がばれるようなことがあっては、問題だ。

「そんなのはな、ばれないように会えばいいじゃねえか」

「どんなふうにですか」「俺に考えがある」「本当のことを教えてください」

「本当のことをか」「はい」

「考えなんて、ない」「でしょうね」

田村守は浪人生だが、休みの日は立体駐車場でアルバイトをしている。

土曜日に大宮《おおみや》に向かう途中、埼京線《さいきょう》の中で陣内さんがそう教えてくれた。だからそのバイト先を訪れる、と。てっきり、田村守の自宅に会いに行くものだと思っていたため、少し驚いた。

「どうやって調べたんですか」

「本人に訊いた。電話をしてな、十年前の交通事故のことを聞かせてくれないか、と言ったら、バイト先に来いと言ったんだ。まったく、わざわざ仕事の休みの日に、何で行かなくちゃならねえんだよ」

「用があるのはこっちですし」嫌なら、陣内さんは来なければ良かったじゃないですか、と言いたかったが、それ以上に言うべきことがあった。「田村守に正直に話しちゃったんですか？」棚岡佑真の事件のことがばれたらまずい、と僕が頭を悩ませていたのは何だったのか。

「十年前の事故のことを教えてくれ、と言っただけだっての。武藤、怖い顔するなよ」

列車内のシートに並んで腰を下ろしていたが、陣内さんは喋りながらも後ろの窓からの光景を眺めている。

「家裁の調査官だとは説明したんですか？」

「まあな」

「まずいんじゃないですか」

「たぶん、十年前の事故の犯人絡みだと思ったんじゃねえか」

「加害少年」犯人と呼ぶのはいかがなものかと思い、僕は、陣内さんの言葉を上書きするようにして言う。「陣内さんが担当した少年ですよね」

「そうだったな」

「覚えていないんですか？」

「いや、覚えている」さすがに陣内さんもうなずいた。「ただまあ、俺たちの仕事ってのは次から次へ、困った子たちが来るだろ。陣内さん助けてください、陣内様、陣内大明神《だいみょうじん》お助けを、とな。だからまあ、ずっとそいつのことばかり考えてられないだろ？」

「まあ、そうですね」僕たちはカウンセラーでもなければ、身柄引き受け人でも親代わりでもない。少年事件を調査し、報告するだけだ。「だけ」と言うわりにはずいぶん大変だと自分では思うが、それでも僕たちは、「少年の人生」のすべてには対応しない。この少年はどうなるのだろうか、とその未来に思いを馳せることはあっても、基本的には、仕事として取り扱うに過ぎない。開き直るわけではなく、僕たちの仕事とはそういうものなのだ。妻が以前、「それくらいの距離感じゃないとやっていけないでしょ」と言っていたがまさにその通りだ。

医者だってそうだろう。次々やってくる患者に対し、経験と知識に従い何らかの処置はするが、一人一人の人生に深く関わるわけではない。

電車が速度を落としはじめ、駅が近づいてくるのが分かる。僕たちは席を立ち、出口付近に立った。「陣内さん、十年経っていれば、ショックは和《やわ》らいでいますかね」

「どういうことだ」

「これから話を聞きに行く、田村君が傷つかないかな、と」忘れたつもりだった友人の死について、穿《ほじく》り返すことになる。

陣内さんは足元に目を落とし、しばらく黙った。「昔から、時間が和らげない悲しみなどない、と言うけどな」

時間が薬、とは時折、耳にする言葉だ。

「嘘ではない。その時間がどれくらいなのかは人それぞれなんだろうが。反対に、時間でしか解決できないことはたくさんある」そう言う陣内さんは、自身の経験から語るようだった。どなたか友人を亡くしているんですか？　と僕は言葉には出さず、心の内だけで訊ねた。

電車を降り、バスに揺られ、緩やかな上り坂をくねくねと進んだところに田村守はいた。立体駐車場のターンテーブルに車を誘導しているところだった。

陣内さんは、「家裁調査官がやってきた。やあ、やあやあやあ」と手を馴れ馴れしく挙げながら、近づいていく。田村守は体格がよかったが、顔にはニキビがあり、あどけなさも窺えた。

「どうも」と短い言葉で挨拶をしてくる。「あの、ちょっと待ってもらってもいいですか。十分で休憩なんで」

「やだよ」陣内さんが間髪《かんはつ》入れずに答えるものだから、僕もぎょっとする。「やだけど、いいよ。あっちのベンチで待っているからな。わざわざ電車に乗ってきて、歩いてきて、これ以上、時間をかけたくないが、特別に待っていてやるんだぞ。なあ、武藤」

「あ、はい」

相手の要求に聞き分けよく応じていることが腹立たしかっただけだろう。あからさまに恩着せがましい。どちらが十代なのかも分からない、と呆れたが、田村守はきょとんとした後で、愉快さと苦々しさのまじった表情で、笑みめいたものを浮かべた。

11

「あの事故のことって、何かあったんですか？」田村守はベンチに座らず、立ったまま話をしてくる。彼だけを立たせるわけにもいかないため僕も立ったが、陣内さんは座ったままだ。

「何があったわけでもないんだけれど。少年事件を扱う僕たちとしては」前もってどのように話をするかを考えてきたにもかかわらず、しどろもどろになってしまう。下手に足を踏み出すと泥に絡みつかれるような、恐ろしい沼を前にする気分だった。接し方を少し間違えただけで、壁を作る少年たちはいる。が、陣内さんは、おそらく悩むこと自体が面倒だったのだろう、ずかずかと暗い沼を最短距離で突っ切ろうとする。「休憩時間も限られているだろうから、手っ取り早く言うけどな、棚岡佑真のことなんだ。今は交流ないのは知っているんだが」

田村守は一瞬、顔を強張らせた。案《あん》の定《じょう》というべきか、「事件か何かあったんですか」と訊ねてきた。

「そういうんじゃない。俺たち調査官は、刑事とかああいうのとは違うから」陣内さんは言う。大きな声で曖昧なことを堂々と発していれば、相手は納得しちまうんだよ、と以前、大声で主張したことがあったが、その時は説得力が微塵もなかった。

「佑真とはぜんぜん、音信不通で。少し前まで年賀状は送っていたんだけれど。向こうからは何もなかったので」

「棚岡君は年賀状、送ってこなかったんだ？」

「だから、迷惑なのかなと思って、やめたんですよ」

「偉いな」

「別に偉かないですよ」

「相手に迷惑になっているかどうかを考えられるなんて、偉い」陣内さんが真顔で褒める。田村守は、大人が自分の気持ちをほぐすために甘い言葉を投げかけてきたのだと思っている様子だったが、僕からすれば、陣内さんは人の迷惑など考慮したことがないのだから、それは本心より感心しているのだと分かった。

「でも今でも時々、思い出しますよ。事故のこと。ほとんど、ぼんやりした感じになっちゃってますけど、ものすごいショックでしたから」

「一緒に学校行ってる友達だったんだよね」自分はどうだったか、と僕は思い出そうとする。小学校の頃は一人で通学していた記憶があるが、低学年までは誰か近所の子と一緒に行っていたようにも思う。「仲のいい三人組だったの？」

「幼稚園から、同じクラスだったんですよね。背もみんな同じくらいで」

「バンドはやっぱり三人だよな」

「四人とか五人のバンドもいますけどね」僕は思わず、言う。

「四人でも五人でも、一人でもいい。九人なら野球で、十二人なら干支《えと》だ」陣内さんはただ、思いついたことを口にするだけだ。

「小学校三年とかだから、まだまだ子供でしたけど。あ、今の俺だって子供なのは分かってますよ。ただ、あの頃はもっと純粋に、『人に親切にしましょう』『がんばれば報われます』という教えをそれなりに信じているような、子供だったんですよ。無邪気に、栄太郎《えいたろう》は漫画家になりたい、って言っていて」事故で亡くなった少年のことを、彼は話す。「俺は野球選手になりたかったんだけど、さすがに」

「野球自体は続けていたの？」日焼けで黒くなった彼の顔を見ながら、僕は訊ねる。

「高校球児でしたよ。真面目で、坊主の」彼は自分の頭を撫《な》でる。「野球部辞めてから伸ばしたから、ハリネズミみたいになったんですけど、やっと、落ち着いてきました」

「野球選手への道はやっぱり厳しいだろ」陣内さんはあたかも自分が先輩野球選手で

あるかのような口ぶりだった。

「いいところまで行ったんですよ。準々決勝で、強豪と当たって。九回までは同点。番狂わせが起きるかと思ったんですけど、そうはうまくいかなかったですね。九回裏、満塁で俺のパスボールですよ」

「へえ」陣内さんが素っ気《そけ》なく、興味があるのかないのか分からぬような声を出す。「ワイルドピッチじゃなくてか」

投手が暴投した場合はワイルドピッチで、捕手が捕りそこなった場合はパスボールとなる。野球に詳しくない僕も、それくらいは分かった。話の流れからすると田村守はキャッチャーだったのだろう。

「パスボールですよ」田村守が長く息を吐き出し、肩をすくめる。

「守って名前のキャッチャーはエラーをしそうにないけどな」

「そういう駄洒落《だじゃれ》、何万回も言われてますよ」

「何万回と一回目ってことか。でもまあ、良かったじゃねえか、強豪と互角にやっただけでも大したもんだろ」

「その励ましの言葉も」

「何万回目だろ」陣内さんは腕を組み、なぜか勝ち誇ったように首を振る。依然としてベンチから立つ気配はなく、むしろ足を組み、ふんぞり返り、独《ひと》り占《じ》めを満喫している。「恨んでいるのか」

「別に。プロのレベルにはぜんぜん遠かったですし。運動にはなったし、楽しかったし、後悔はないですよ。今まで野球だけだったんで、今年一年、勉強頑張って」

「そうじゃねえよ。十年前の事故だ。あの時のこと、まだ恨んでるか？」

「陣内さん、繊細《せんさい》に扱うべき事柄と雑談は別の箱に入れてください」僕は思わず言っている。

「ああ」田村守の肩が少し落ちた。「いや、どうなんでしょうね。あの人ももう、社会に復帰してるんでしょ？　そのへん、歩いてるんですか」

あの人、とは、彼なりに精一杯の呼び方だったのかもしれない。あいつ、あの男、犯人、もっと軽蔑《けいべつ》を込めた言葉が頭を過《よぎ》ったはずだ。

「まあ、そうだな」陣内さんは具体的な説明をするつもりがなさそうだ。

「恨んでないと言えば、嘘ですよ。だって、おかしいじゃないですか。栄太郎は死んだんですよ。よそ見運転だか何だか知らないですけど、そいつはもう復帰してるんでしょ？　どう考えても、変じゃないですか。やったもん勝ちというか、事故ったもん勝ちみたいな気持ちになりますよね」

事故ったもん勝ち、とは物騒で、不謹慎に感じられた。陣内さんは、「分かる」と答えた。「それは分かる」

田村守はまさに箍《たが》が外れ、堰《せき》を切ったように、「時々、思うんですけど」と早口になった。「栄太郎は、好きな漫画の新刊も読めなくなったのに、犯人のほうは、余裕綽々《しゃくしゃく》で読めるんですよね。納得いかないですよ」

「余裕綽々かどうかは」僕はかろうじて言った。それから、先日、棚岡佑真の部屋で見つけた古い漫画本のことを思い出した。その題名を口に出してみると田村守が、「それ、栄太郎が一番好きだったやつです」と言った。時間が和らげない悲しみなどない。が、悲しみはゼロにはならない。彼の内なる土地にはやはりその根が残っているのだ。ふとした拍子に、それが悲しみの木となり、枝が震え、感情を引っ掻いてくるのだろう。「発売日になると本当にうれしそうで。それで、次の日には、俺たちに内容を話してくれたんですよ。漫画を読むよりも、あいつが話してくれたほうが面白かったくらいで」

僕は、陣内さんを横目で見る。まさに陣内さんもそういう人間だった。誰かのエピソードや、映画や漫画について説明をするが、それは得てして、実物よりも面白い。本人に誇張しているつもりはないらしい。頭の中で変換や電流を増幅させるトランジスタのような仕組みがあるのだろうか。

「あれから、あの漫画を本屋で見かけるたびに俺は苦しかったんですよね。栄太郎はこれ読めないんだな、と思うと」

「でもな、どうせ読んでいたって、つまらなくなるだけだっての」陣内さんが投げかける。「マンネリ化して、いまいちになる。それを知らずにいられたのは、そいつにとっては良かったのかもしれねえぞ」

「陣内さん、乱暴すぎます」

味方や仲間はもちろん、どんな敵に対しても、そいつの大事にしているものを踏みつけるような真似はするな。とは、陣内さんが時折、言う台詞だ。小学生相手にも言ったことがある。「唯一おまえたちが覚えておいたほうがいいのは」と指を一本立てた。夢を諦めるな、努力を忘れるな、人の嫌がることをするな、といった「教え」よりもとにかく、「相手の大事なものを蔑《ないがし》ろにするな、ってことだ」と。そして、「反対に、悪い奴らってのは、その誰かの大事なものを狙ってくるからな」と続けた。

誰かの大事なものや大事な人を、馬鹿にして、優位に立とうとする。自尊心や命を削《けず》ろうとする。そういう奴と同じになるなよ。そいつが誰かに迷惑をかけてるならまだしも、そうでないなら、そいつの大事なものは馬鹿にするな。

その陣内さんが今、田村守の大事な思い出であるところの漫画について、無神経の極致とも言える気軽さで、馬鹿にするのだから開いた口が塞がらない。

「いや、ごめん、気にしないで。陣内さんは言葉を選ぶのが苦手なタイプの人間で」と僕は釈明係として割って入った。

案に相違し、田村守はむっとするのではなく、「あ」と言って人差し指を突き出していた。陣内さんを指差し、「あ、あの時の人ですよね?」と目を見開く。

「あの時の人? どういうことですか」僕は陣内さんの顔を見る。

「時の人、ってやつだろうな」

「どこかで見たことあるような気はしたんですけど、今ので思い出しました。『どうせつまらなくなる』なんて失礼なことを言う人、そんなにいないですから」田村守は苦笑しながら、ポケットからスマートフォンを取り出した。時間を確認したのだろう。「あの時の裁判所の人でしょ? 十年前、俺と佑真が行った時の。あれ、俺、びっくりしましたもん。佑真と二人、落ち込んでる小学生にあんなにひどいことを言う大人がいるのかって」

「あの時は、悪かったと思った。あとで反省した」陣内さんは肩をすくめる。「まだ、俺も若かったんだな」

「今も言いましたよね？」僕と田村守は同時に指摘していた。

「まあな」

「まあな、じゃないですよ。佑真なんてあの時、あいつ絶対許さねえ、ってめちゃくちゃ怒ってましたよ。今は勝てねえけど、筋肉付けて殴ってやるって。急に腕立て伏せ、はじめたりして」

陣内さんも、さすがに顔を歪ませた。「ひどい話だな」

「ひどいのは陣内さんですよ」

「ただ、あの漫画、実際、打ち切りになっちゃったんですよね。人気落ちちゃって」

田村守は言った後で、「あ」と洩らしたかと思うと少し考えるような顔つきになった。

「どうした。あの漫画が駄目なことにようやく気づいたか」陣内さんがしつこく言うものだから、僕は、失言の多い政治家の隣にいる秘書は、常にこういった気持ちなのだろうか、と思いを馳せたくなった。空を見てしまう。どこかの政治家秘書と同じ空を眺めているのではないか、とそんな気持ちになる。

「いえ、実は俺、あの後、だいぶ経ってからマンガ家のサイン会に行ったことがあるんですよ。中学の時」

「ふうん。打ち切りになる前ってことか？」

「いえ、中学の時はもう別の漫画を連載していて。そっちは俺、読んでいなかったんですけど」

「読んでいないのにサイン会に行ったのか」

「直訴《じきそ》しようと思ったんですよ」田村守は照れ臭そうに頭を少し掻いた。「あの漫画の続きを描いて、ちゃんと終わらせてくれって。わざわざ都内の本屋まで行ったんです」

「あの漫画、というのは君たちが小学生の時に好きだったほうの？」

「そう。最後、中途半端で単行本も尻切れトンボだったんですよ。だから、昔の友達のために描いてください、ってお願いしたくて」

「ふうん」

「何と言われたの？」

「結局、俺は言えなくて」

「さすがに常識外れだと気づいたのか」陣内さんが笑う。

「そうじゃなくて、俺より前に並んでいた奴がトラブルを起こしたんですよ。漫画家につかみかかって。それで結局、サイン会も中止で」

「面倒なファンでもいたんですかね」僕は、陣内さんに言った。

「今、気づいたんですけど、あれ、あいつだったのかもしれないですね。佑真だったのかも」

「え」

「あの暴れていたのが誰かなんて気にしてなかったんですけど、何となく佑真っぽかったような。もちろん、曖昧な記憶だから」

「どういうこと？　棚岡佑真もサイン会に来ていたってことなのかな」中学生の時であるならば、棚岡佑真はすでに東京に転校していたはずだ。

「棚ボタの奴も、どうせ、同じ目的だったんじゃねえか？」陣内さんはどこか不愉快げだった。

「陣内さん、せめて君付けにしてあげてください」

「まったく、おまえたちは直訴が好きなんだな」

事故直後には、裁判所に押しかけ陣内さんに直訴し、次は漫画家のもとに押しかけたのだから、確かに、直訴続きではある。

「あの漫画、ちゃんと終わらせてくれないと、栄太郎が可哀相な気がしたんです。あいつも同じことを考えていたんですね」田村守はどこか嬉しそうだった。

「いくら漫画が最後までできたところで、死んだ奴は戻らねえってのにな」

「陣内さん」僕は言った後で、もしその漫画家が、と思った。サイン会での棚岡佑真の直訴を聞き入れたのならば、未完の漫画を完結させることは無理でも、彼らの気持ちを汲むような対応を見せていれば、棚岡佑真の悲しみは暴走しなかったのではないか。仮定の話をしたところでどうにもならぬのは分かるが、想像せずにはいられない。もちろん、その漫画家を責めるのはお門違《かどちが》いなのは分かってはいる。それでも、もし、と思いたくはなった。

「じゃあ、時間なのでこのへんでいいですか」時計を確認した田村守が首をひねり、立体駐車場のほうを指す。「これ、いったい何の用だったんですか」

「元高校球児の髪の伸び具合を確かめに来たんだよ」陣内さんはほとんど投げ遣《や》りに返事をしている。

「何ですかそれ」

「もう一つ確認させてくれ。棚岡佑真とはぜんぜん、交流はなかったんだな」

「あいつが引っ越してからは会ってないですよ」

「漫画家のサイン会で会ったきりか」

「それも会ったわけじゃないです。今になって、そうだったのかなと思っただけで、違うかもしれないし」

「最後に訊いていいか」

「駄目です」田村守はすでに、陣内さんとの接し方を学んだかのようだ。

「棚岡佑真は、十年前のこと、恨んでいたのか？　まあ、恨んでいたんだろうが、どれくらい恨んでいたんだろうな」

「どれくらい、って期間のことですか、それとも、度合のことですか」

「度合だよ。どれくらいの分量の恨みだったのか」

田村守は腕を組んだが、特に考える間も空けず、「俺には分かりませんよ」と、高校球児らしい明瞭さで応えると立体駐車場のほうへ、バイトを再開するために行こうとしはじめた。

陣内さんが呼び止めたため、一度立ち止まる。何を言うのかと思えば、「さっきの話、あれ本当なのか」と言う。

「本当ですよ。佑真とは交流なかったですから」

「それじゃねえよ。試合のことだ」

「試合のこと？」

「パスボールで、負けたのか」

わざわざ蒸し返す話題でもないだろう。僕は陣内さんにさすがに非難の目を向けずにいられなかった。

「ええ、そうですよ」田村守は先ほどよりもいっそうむっとした顔つきになった。「守って名前なのに、守れなかったんですよ」


帰りの電車の中で、「そういえば、永瀬さんたちと会ったんです。家にお邪魔して」と僕は言った。「少し前ですけど」

陣内さんは無言ながら顔を引き攣らせ、歪めた。「何なんだよ、それは」

「何なんだよ、って別に」

「あいつらの言うことを真に受けるなよ。いい奴らなんだけどな、サービス精神がある」

「どういう意味ですか」

「面白おかしく話を膨《ふく》らませて、喋ることが多い。おまえに、俺のエピソードを話したりしたんだろうが。それほとんど嘘だぞ」陣内さんは、どのような会合だったのか、どのような情報が漏れたのかを気に掛けるように無関心を装いながらも、何を喋ったんだと訊ねてきた。

隠す必要もなく、僕は、永瀬さんの家でのことを喋り、それから、チャールズ・ミンガスのアルバムを聴いたことも話した。すごく良かった、と言うと、「ATMの音声でももっとまともな感想を言いそうだよな」と陣内さんが息を洩らした。「チャールズ・ミンガスはいつも怒ってるイメージがあるだろ」

「いや、知らないですよ」

「ライブ映像とか観ると、すげえ顔が怖いし、まあ、人懐《ひとなつ》こい表情も見せるんだけどな。人種差別の問題になるとすげえ怒って、差別主義の白人知事の名前を曲名につけて。だけど奥さんは白人だったりしてな」

「ベーシストですよね。ベースって、どちらかといえば地味な印象があったんですけど」闘志あふれる人間のイメージとは結びつかなかったが、それは僕の勝手な偏見に過ぎないのだろう。

「ベーシストのくせにベース弾かない時もあるけどな」

「そうなんですか」陣内さんみたいじゃないですか、と言いかけたがやめた。

「ミンガスの曲は、混ざり合って、五人編成なのに、ビッグバンドにしか聞こえない。少ない人数でビッグバンドがやりたかったんだ。スモールでビッグを。怒りとユーモアの、ジャズ番長」

「ミンガスさんは変わり者だったんですよね」永瀬さんがそう言っていたのを思い出

した。

「近所に住んでる相手に連絡するのに、わざわざ電報を使ったり、ライブ中にうるさい客がいた時、三十分も説教したのが録音で残っていたりするんだと」

陣内さんみたいじゃないですか、と僕はまた言いそうになる。

「しかも、自分のアルバムに、『ミンガス　ミンガス　ミンガス　ミンガス』とかタイトルをつけてるんだぞ。どれだけ、自分が好きなんだよ。ビートルズにも、ジャズのメロディを盗用しやがって、と怒っていたらしいしな」

「陣内さんみたいじゃないですか」

「馬鹿言うな」

「ライブのＣＤ聴いたんですけど、あの人のソロが凄かったです」

「ラサーン・ローランド・カークだろ」

「あ、そうです」

「あれはいい」陣内さんは素直に、いいとしか言いようがない、という具合にうなずいた。「あの長いブレスは何なんだろうな。いつ息を吸ってるんだ、と訊かれて、『耳から吸うんだ』と答えたらしいぜ」

「耳から吸えるんですか？」

「まさか」

そこで僕のスマートフォンに着信があった。見れば、メールが届いている。

「奥さんからか？」

「そうじゃないですけど」小山田俊からのメールだった。開けば、「次の月曜日に子供たちを狙うかもしれない」という内容が書かれていた。

「何だよそれ」陣内さんが覗き込んでくる。

「小山田俊です」

「あいつ、子供を襲うのか？」眉をしかめた。

「いえ、犯人は別です。ネットを見ていたら、どうも本物の犯行予告みたいなのに気付いたらしくて」

「あの坊ちゃんはその専門だからな」

「ついこの間、彼に言われたんですよ。その犯人は自分の誕生日に小学生を襲う、って」

「犯人が誰なのか分かってるのかよ」

「誕生日は」「ちょっと待て、どうして誕生日を知ってんだ」「そこはまあ、秘密です」

陣内さんは納得いっていない様子だったが僕の話を聞くと、「そんなの、警察に通報すりゃいいだろ。匿名で、何か危ないらしいですよ、ってな」と言う。

「ええ、僕もそうしました」「したのかよ」

「警察は怖かったので、学校のほうに」

小山田俊の言葉をどこまで信じるべきかは分からないものの、ただのでたらめとも思い難く、聞き流す勇気もなかった。もし事件が起きてしまったら後悔するのも間違いない。悩んだ末に、小学校に電話を入れた。匿名の非通知の電話で、埼玉の小学校三つに、「あくまでも噂を耳にしただけで、本当かどうかは分かりません」と必死に言い添え、小学校の通学路を警戒してください、と告げた。

「めちゃくちゃ胡散《うさん》臭い電話だな。武藤、おまえがよっぽど怪しいぞ」

その通りだった。電話をしている最中はもちろん、切った後でも僕は、警察に不審人物だと思われ、連行されるのではないかという恐怖に襲われた。いくら非通知とはいえ探知する方法もあるかもしれない。「犯行予告についての親切な通報」ではなく、その電話自体が「犯行予告」と捉えられる可能性も高かった。何も悪いことはしておらず、むしろ良いことのために電話をかけたにもかかわらず、しばらくは未解決事件の犯人のような緊張を強いられた。

「結局、どうなったんだよ」

「さすがに警察が来ることはありませんでしたけど」

「事件は起きたのか？」

「起きませんでした」その日はニュースが気になって仕方がなかったが、定期的にネットニュースを眺め、事件が起きていないかを検索したが、該当するものは見つからなかった。「小山田俊が調べたところ、警察や保護者がその日、通学路を警戒していたらしいんですよね」

「犯人もさすがに怖気《おじけ》づいたってわけか」

「もとから本気じゃなかったのかもしれませんが。ただ、今のメールだと、どうもまた危険がありそうで」

「懲《こ》りずにやるのか。誕生日は終わったんじゃねえのかよ」

「僕に訊かれても」小山田俊のメールによれば、その男は誕生日とは別の口実を見つけ、もちろんそれは強引な辻褄《つじつま》合わせ、無理のある大義名分を掲げたものだろうが、犯行予告を続けたらしい。

「どうするんだよ、また電話するのかよ」

「いやあ」正直なことを言えば、もう懲り懲りだった。「次はさすがに怪しまれるだろうし、それこそ僕のほうが犯人だと間違えられる可能性が高くなるような気がします」何より、あんな風に緊張するのはもうごめんだ。

「なるほどな。やめたほうがいいな」

「でも陣内さん、それで万が一、何か起きたらすごく後悔すると思いませんか」

「最高に後悔するだろうな」

「最高に後悔、という日本語が正しいのかどうかは分からないですけれど」

陣内さんはしばらく黙り、電車内のどこかをじっと眺めた後で、「まあ、そうそう事件が起きるとは思えねえよ」と言った。

「どうしましょう」

「通報しなくてもいいいんじゃねえか」さっさと忘れようぜ、と言わんばかりの軽やかさが、僕をよけいに心配にさせる。

「でも」事件が起きたらどうすればいいのか。

「武藤、別におまえが頑張ったところで、事件が起きる時は起きるし、起きないなら起きない。そうだろ？　いつもの仕事と一緒だ。俺たちの頑張りとは無関係に、少年は更生するし、駄目な時は駄目だ」

「でも」

うるせえなあ、と言いたげに陣内さんが顔をしかめた。

「だいたい陣内さん、頑張ってる時ってあるんですか？」と僕は言ったが電車の走行音が激しくなったせいか、聞こえていないようだった。

12

これが最善の策なのかどうか、実際、やってきてみると疑問を抱かずにはいられなかった。

晴朗な天候、風もなく、住宅街には暗さが微塵も感じられず、ランドセルを背負った、見るからに無邪気な子供たちが通り過ぎていく。この穏やかな光景が破壊される場面は、真冬に海水浴を考えられないのと同様に、想像しにくかった。この世界のありとあらゆる住人が清廉潔白《せいれんけっぱく》だと証明されたかのような明るくのどかな光景だ。

「陣内さん、これ、どこから手に入れたんですか」僕は頭からかぶっている蛍光《けいこう》色のベストを指差した。「防犯」の文字が入っている。

「そのへんにあった」

「そのへんってどのへんですか」

陣内さんは答えない。二人で並んでゆっくりと歩いているところだった。

先日メールが届いた後、小山田俊に連絡を取ると、「たぶん、次こそやると思うんだ。しかも本命も絞れたよ。本命と思しき小学校を一つに」と自信満々に言ってくる。とはいえ、また学校や警察に通報する気持ちになれず、「僕は頼りにならないから、たとえば親に相談してみてくれないかな」と打診した。

「武藤さん、それ本気？　ネットを利用した脅迫で逮捕された僕が、『ネットの犯行予告を見つけました』なんて言って、うちの親が、『あらまあ、それは大変！』なんて話を聞いてくれると思うの？　試験観察中なんだからさ、大人しくしていないと駄目じゃないか」

言いたいことはいくつもあった。一つ、試験観察とはあくまでもその少年の状態をチェックすることが目的なのだから、その期間だけ大人しくしていればよい、というわけではない。二つ、仮にそう考えていたとしても、それを調査官の僕に言わないでほしい。三つ、親に相談できないようなことを僕に頼まないでほしい。四つ、僕を巻き込まないでほしい。五つ、お願いだから。六つ、困らせないで。

「僕の手に余る」正直にそれは認めた。

「でもね、僕の話を聞いて、『それは大変だ』なんて言ってくれるのは、武藤さんくらいしかいないからさ」

必要とされると、断りにくいのも事実だ。それを見越して、そういう言い方をしてきているのも事実だろう。

仕方がなく職場で上司に相談した。つまり、陣内さんにだった。「いいよ、そんなの面倒だから放っておけよ」と言われるとばかり思っていたのだが、予想に反し、返ってきたのは、「なら、自分たちでどうにかするしかねえな」という勇ましい言葉だった。「警察に通報するほどのことなのかどうか、おまえは気にしているわけだろ？だけど心配している。だったら俺たちで見回りに行こうぜ」

相談すべきではなかったと悔いたが、すでに遅い。

「木更津、俺と武藤は月曜日、ちょっと遅れてくるからな」と陣内さんはその場で宣言した。

木更津安奈は無言のまま、ちらっと陣内さんを眺め、表情はぴくりとも変えなかった。それから何か言わなくてはならないと判断したのか、「はい、了解です」と血の通わぬ声を出した。「二人で旅行ですか」

「埼玉までパトロールだよ」

「それって必要ですか」

「俺たちみたいなおっさんが、朝から子供たちを眺めているとそれはそれで怪しいからな、防犯係みたいな恰好でいるほうがいい」陣内さんは言いながら、のんびりと歩いている。時折、横を通る子供たちに向かって、「ごくろうさん」とぶっきらぼうに声を投げかけた。

ランドセルを背負った子供たちを眺めながら僕は、自分が担当したさまざまな少年たちのことに思いを巡らせたくなる。彼ら、彼女たちにもこういった時期はあったはずだ。その頃は無邪気な、それこそ田村守が言ったように、「人に親切にしましょう」「がんばれば報われます」と信じる少年だったのか、もしくは、その頃からすでに、人生の理不尽さとストレスを抱え、黒々とした塊《かたまり》を体の中に抱えていたのか。どちらの場合もある。自分が小学生の頃を思い出せば、いつだって半径数十メートルのことで一喜一憂《いっきいちゆう》し、次の誕生日やクリスマスを楽しみにしていただけだったようにも思う。小さな世界、とも言えるが、その小さな世界が生活のすべてだったのも事実で、今は大きな世界で生きているのかと言われれば、そうとも感じられない。どっちがスモールでどっちがビッグなのか。

「陣内さん、子供の頃って何考えてましたか？」僕は訊ねていた。

「いつだって威張りくさってる父親にうんざりしていた。けどまあ、父親ってのはそういうものだと思っていたからな」

「あ」永瀬さんたちと交わしたやり取りを思い出す。

「どうした」

「陣内さん、最近、父親と会っていませんか」

「何だそれ」

「喫茶店で大家さんと会っていたって言っていましたよね。遺産の相談とかで。あれって本当は、お父さんだったんじゃないですか」

「俺の父親が大家だってことか？」

「いえ、大家ってのは作り話で。実際は、お父さんと話をしていたんじゃないかって」

陣内さんがじっと、僕を見た。睨《にら》むようでもあったから怯《ひる》みかける。「永瀬から何か聞いたのかよ」

「あ、いえ、まあ、はい」

「武藤、おまえは俺とあいつのどっちを信じるんだよ」

「それはもちろん」即答できたが陣内さんが、「だよな」と言葉を蔽《おお》い被《かぶ》せる。

前にいる少女が手を振っていることに気づいた。知っている子だろうか、と驚くが後ろから別の少女が走ってきて、合流した。同じような背丈の彼女たちが背中を向け、前へ歩いていく。

「まあ、こいつらも大きくなれば、身勝手で臆病《おくびょう》な大人になるわけだ」

「そういうことを言わないでください」

「別に悪いことじゃねえんだよ。身勝手で臆病なのは、動物の正しいあり方だ。それを認めた上で、どうやって、それなりに穏やかな社会を作るかだ。フールプルーフってあるだろ。人が間違えた時に危ないことにならない仕組み」

それくらいは僕も知っている。うちにある自動コーヒーミルも、蓋《ふた》を閉めなければ作動しないようにできている。誤って指を入れた状態でボタンを押してしまうことを防止するためだ。「直訳すれば、『耐フール』『耐馬鹿なこと』ってなるんですかね」

「だな。『気をつけなさいね』と言ったところで人は間違える。それと同じでな、『相手の嫌なことはやっちゃいけませんよ』と言っても、やるやつはやる。生き物なんてのは狭い場所に閉じ込めておけば、必ず、争いになるしな。それは自然なことだ。生き物として当然のことだ。だからそれを前提に考えて、防止する仕組みを考えたほうが確かだ。そうだろ」

「そういう曲でも作ったらどうですか」わずらわしいために僕は投げ遣りに言った。

「どういう曲だよ」

「分からないですけど。『放っておけば争うに決まってるんだから』とかそんな曲名で」

「どんなメロディで」「知らないですよ」

その車は音もなく、もちろん音はあったのだろうが、僕からすれば息をひそめてやってきたようにしか思えなかったのだが、すっと路肩に停車した。白の古いセダンで、止まると同時に運転席から男が飛び出してきた。体格のいい体育教師かと思った。顔が四角く、いかめしい表情で、ずかずかと足早に歩道にやってくる。保護者が忘れ物を子供に届けに来たのだろうかと想像した。小学生に向かい、歩いていく様子にためらいがなかったせいでもある。

「武藤、やばいぞ」陣内さんがそう言ったことで、僕はやっと頭が切り替えられた。最悪の事態を想像してやってきたにもかかわらず、最悪の事態を認めたくない自分がいた。

男の手には明らかに刃物が握られている。小学生たちはその男に目をやるが、当然ながら逃げることもない。まさか、そのような大人が寄ってくるとは思ってもいないはずだ。

「おい」陣内さんが大股で近づくと、男がやっとこちらに気づいた。刃物を構えている。

歩道にいる小学生たちに、「みんな離れて」と訴えた。子供たちは騒がしくなり、少女は悲鳴を上げた。その甲高《かんだか》い声がますます男を刺激するのが見て取れる。依然として雲のない晴天だったが、それは、この一大事に空が、かっと目を見開いているように思える。

声が震え、足にも力が入らない。

悲鳴がまた上がる。男が刃物を振り回しながら、小学生の集団に向かっていった。

どうにかしなくちゃ。僕は思った。思ったが、すぐには動けない。

食い止めたのは、陣内さんだった。長い棒のようなものを突き出し、男の腹に当てようとしている。動きを止めた男の前で、その棒を振る。そのような棒をいつから持っていたのか。見れば陣内さんの手元側、棒の根本部分に、「あたたか弁当」と旗がついていた。道沿いに立てられていた店舗の宣伝用幟《のぼり》らしい。

目を横にやれば、もう一本、立っている。陣内さんはいつの間に手にしていたのか。僕もすぐにその幟のところへ移動し、引き抜くと簡単に抜けた。旗のついていない部分を相手に向ける。

「おい、おまえたち、怖がるな。俺たちがどうにかするから、近づかないで、学校へ行け。ただ道路に飛び出すなよ。車危ないからな」

陣内さんは冷静だった。棒をさすまたのように構え、怒りの形相《ぎょうそう》で興奮状態の男を牽制《けんせい》しながら、周囲にいる子供たちに大声で指示を出している。言われてみれば、ここで慌てて子供が車道に飛び出せば、事故になる可能性もある。

「怖がるな。車に気をつけろ。学校に行け」陣内さんはもう一度、短く、子供たちに指示を出す。

「大丈夫だから、落ち着いて、気をつけて、学校に」僕も必死に声を発した。緊張と恐怖を払いのけるためにも大声で言う。

男はもちろん大人しく立っているわけがなく、僕と陣内さんに棒を突き付けられながらも、右へ左へ移動し、小学生に襲いかかろうとする。そのたびに僕たちは棒を突き出す。

僕からすればもう一時間も男と向き合っている感覚だったが、実際は二分程度かもしれない。

男は呻き、その後で、黒々とした煙を吐き出すかのように喚《わめ》き声を口から迸《ほとばし》らせた。地面を蹴り、道の先に向かって駆けたのだ。子供たちが振り返りながら、恐怖の声を発する。

陣内さんの動きは素早かった。「俺が相手してるだろうが！」と叫ぶと、追いかけ、持っていた棒を力強く振り、男の顔面にぶつけた。棒は弾力性があるため、撓《しな》ったからだろう、ムチのようにして男を打撃した。男は目を閉じ、その場に転倒した。陣内さんがすぐに押さえつける。僕も気づけば、男の体を路上に押し付けていた。

男は暴れたものの、さすがに二人がかりで、陣内さんが右半身、僕が左半身と分担して押さえるぶんには、跳ね返されることはなかった。

「おまえ、ネットに犯行予告を出していたんだろ」陣内さんは力を込めながら言った。

男ははじめの印象よりも若そうだった。二十代後半くらいかもしれない。目は充血している。興奮しているのか、それとも泣いているのか、憤怒《ふんぬ》のためなのかは分からない。

「陣内さん、警察呼んでくださいよ」

「今、片手を離したら、押さえられねえかもしれない。武藤、おまえが呼べ」

「僕だって同じですよ」尻に入っているスマートフォンを取るために手を離し、体を捻《ひね》ったら、その途端、男に跳ね飛ばされる恐怖があった。

「じゃあどうするんだよ。このまま、俺たちがずっと、この男に抱きついて、いるのか？」

「別にそういうわけじゃ」

「悪いな。この体勢で十年くらいいてもらうことになるぞ」陣内さんは真顔で、男に言っている。気づくと小学生たちが取り囲んでいた。

「あ、君たち学校に行って、先生に言っておいてくれないかな。警察を呼んでほしい、って。みんな、まだ何があるかは分からないから、気をつけて早くここから離れて」

小学生たちは素直にうなずくと、駆けるように学校のほうへと向かっていく。

「危ねえから走るなよ」陣内さんが大声を出すが、届いている節《ふし》はない。

男はさすがに観念したのか少し力を抜き、仰《あお》向《む》けの状態になっている。放心したようで、息を繰り返すだけだ。

「おまえ、良かったな。俺たちのおかげで助かったぞ」誰に言ってるのかと思えば、陣内さんが、男に顔を向けていた。

助かったとはどういうことだ。僕同様、男も疑問を覚えたに違いない。

「おまえもいろいろつらいんだろうが、ここで子供たちに危害を加えてみろよ。すげえ後悔するぞ。まあ、こんなことまでするくらいだから、よっぽどつらいんだろうがな」

男が睨んでくるが、陣内さんは気にした様子もない。

「おまえに何が分かるんだよ、と言いたいのか？　あのな、俺はしょっちゅう、それ言われてるんだよ。事件を起こした少年たちにな、『分からねえくせに、言うんじゃねえよ』と言われてばっかりだ。給料もらって、その台詞を言われるプロみたいなもんだ。百も承知でな。実際、俺はな、おまえのことは分からねえよ。興味もさほどねえよ。あ、ただな、前から気になっていたんだ。自暴自棄になって、こういう事件を起こす奴はどうして、子供だとか弱い奴らを狙うんだ？　どうせ人生を捨てるつもりで、暴れるなら、もっと強そうで悪そうな奴をどうにかしようと思わねえのか？　これは別に、茶化してるわけじゃねえぞ。本当に気になるんだよ。別に、正義の味方になれ、とは思わねえけど、どうせなら酷《ひど》い悪人退治に乗り出すほうが、いろいろ逆転できそうじゃねえか」

男は鼻息を荒くしており、陣内さんの言葉が届いているようには見えない。

「いいか、もう二度と弱い奴を狙うなよ。というか、狙わないでくれ。俺、そういうの嫌いなんだよ」

「陣内さん、好きとか嫌いの問題じゃないですよ」

「全力で何かやれよ。全力投球してきた球なら、バッターは全力で振ってくる。全力投球を馬鹿にしてくる奴がいたら、そいつが逃げてるだけだ」

うんうん、とうなずきかけた僕はふと、これを聞いた彼が、「次は、全力投球で誰かを襲おう」と思ってしまったら困るな、と不安になった。陣内さんもまったく同じことを考えたのか、慌てて、「あ、犯罪は駄目だぞ」と付け足した。

うんうん。

「もし、むしゃくしゃしたら曲でも作って、演奏しろよ」陣内さんはいつもの、頭に浮かんだことを深く考えずにただ口から発するだけの状態に戻っていた。「さっきな、いい曲名、思いついたんだ。ええと、何だっけか武藤」

僕はその会話に加わりたくなかったが、渋々《しぶしぶ》、言う。「『放っておけば争うに決まってるんだから』です」

警察車両の近づいてくる音がどこからか聞こえはじめ、ようやく心が軽くなりはじめる。

13

本当のところはさっさと逃げたかった、と陣内さんは後で言った。警察に話を聞かれるのも面倒ならば、ニュースで取りあげられるのも面倒だった、と。陣内さんにかかれば、生きていく大半のことが面倒に聞こえてくる。とはいえ、犯人を押さえつけた状態のまま、僕たちはその場を離れることができず、結果的に、陣内さんが恐れていた面倒なことを体験した。

小学生の通学路に通り魔、の見出しと、居合わせた公務員二人がお手柄、の見出しが並んだ。が、事件が未遂だったせいか、数日にわたる大々的な報道とまではいかず、新聞記事にも僕と陣内さんのフルネームは載ったものの写真は掲載されなかった。「騒がれても困るだろうし、ちょうど良かった」と妻は言っていた。

そうなったらなったで陣内さんは物足りないような素振りもあった。「あたたか弁当」から広告塔になってくれと言われたら、どうしたらいいのか、副業にあたるのか、と総務課に確認してもいた。

職場内ではほとんど知られた様子はなく、たまたま記事を見た知人からメールが来た程度だった。が、陣内さんのところには来客があった。

陣内さんが地方の裁判所にいた時に関わった少年たちの中には、年を経て東京に住んでいる者がおり、ニュースでたまたま陣内さんの名前を見て、「もしや」と思ったらしく、恩師に挨拶に来るかのように、やってきたのだ。公務員とは書かれていたが、家裁の調査官であること、勤務地については公表されていなかったはずだ。

「どうやらネットにはもう少し細かい情報が載っていたんだと」会いに来た少年から陣内さんは聞いたようだった。「誰かが書き込んだんだろうな。まったく怖えよな、ネットは。憶測が溢れ返って、新しい事実を作っちまう」

公務員の肩書とフルネームだけでは、家裁調査官の陣内さんとは特定できないはずだが、あの時の、犯人を弁当屋の幟を使って撃退した手際を目撃していた人物がSNSにそのことを投稿し、さらには小学生のコメントをマスコミが記事にし、その子供たちの発言中には、「校庭に俺の銅像を作って、と校長先生に言っておけよ」という陣内さんの発言も含まれていた。その情報を目にした何者かが、「そのような発言をする陣内とは、自分が昔、お世話になったあの陣内調査官ではないか」とぴんと来たのか、ネット上に投稿を行い、そうしたところ、「確かに、俺の知っている陣内調査官にしか思えない」と応じる元少年が現われ、さらには、その流れの中で、今は東京家裁にいるらしいぞ、との情報が出たのだという。

ちらほらと年齢もまちまちな男女が訪れて来て、陣内さんに挨拶をした。

「よく、有名人になった途端に親戚が増えると言うけどな、それと同じようなもんだな。おまえたちも自慢したいんだろう？」陣内さんは、そういった少年たちを前に溜め息をついた。「言っておくが、俺がいくら活躍してもな、おまえたちの価値はぜんぜん上がらないからな。自慢してるようじゃ高《たか》が知れてる」

ほとんどの少年たちは苦笑するか噴き出すか、もしくはきょとんとし、「陣内さんのことを自慢できる？　できるわけないじゃないですか」といった反論を口にした。

「じゃあ、何で会いに来たんだよ」

彼らは、「懐《なつ》かしかっただけです」であるとか、「暇だったので」であるとか、「反面教師に会いたくて」であるとか、「ただ何となく」であるとか、おのおの返事をしたようだった。

「あいつらはあんまり心配いらねえよな。今もまだ深刻な状況にいる奴は、ここになんて来ない」陣内さんは、僕には言った。

「でも、たぶん、陣内さんに会いに来た子たちも、お気楽に生きているわけじゃないですよ」

「お気楽に生きていられる奴なんて、どこにもいないからな」

実は今僕の目の前に一人だけいます、という言葉が喉まで出かかった。

「でも良かったじゃないですか」木更津安奈は例によって、感情のこもらぬ口調で言ってきた。

「何が」

「自分の知り合いが馬鹿なことをやったりすれば、愉快ですから。日々の潤《うるお》いとまではいかなくても、あの子たちもきっと楽しい気持ちになったと思います」

「馬鹿なことじゃねえよ。子供を助けたんだよ、俺は」

「まあ、そうですけど。でも銅像はできないですよ」

「やっぱり無理か」陣内さんが真面目な顔つきで、残念そうに首を揺する。「じゃあ、何なら作ってくれるんだよ」

「そんな予算ないですよ。良くも悪くも来週にはみんな忘れてます」

実際、その通りだった。一週間もすれば、僕と陣内さんの捕り物については、話題に上らなくなり、妻でさえ、昔のオリンピック柔道の試合を語るような口調で話すような具合だった。

「それってすごいことだよ、武藤さん」そう言ったのは、小山田俊だった。

そもそもは彼の分析により、通り魔を事前に防ぐことができたのだ。そのことは間違いがなく、「本当の英雄は僕だよ」と主張してもいいくらいなのかもしれないが、通学路での騒動から数日後に会いに行くと、彼はまるで関心がない様子だった。

「当たったことに驚かないの？」と訊ねれば、「いや、かなりの確率で当たると思ったから、武藤さんに頼んだんだ」と淡々と言う。子供たちが無事だったことにほっとする素振りもなく、ただ、「それってすごいことだよ」と言った。

「何が？」

「話題にならなくなったことが」

「そうなのかな」

「そうだよ。深刻で、恐ろしい事件ほどだらだらと尾を引くよ。子供たちも引《ひ》き摺《ず》る。でも、僕の想像だとね、今回は小学生たちもそんなにダメージを受けていないいんじゃないかな」

「ショックを受けてはいるだろう」何しろ通学路に刃物を持った大人が突然、攻撃してきたのだ。子供でなくとも精神的な打撃を受けるはずだ。後遺症も覚悟すべきだ。

「だけど、恐ろしいことがあっても、冷静に対処すれば平和を守れる、と子供たちは思えたかもしれないよ」淡々と言う小山田俊のほうが、僕よりもよほど大人に見えた。

確かに、あの時の陣内さんは動揺を見せず、路上に現われた危険な肉食獣を取り押さえる任務を淡々とこなすような素振りでもあった。

「だからみんなあっさりと、この事件のことから頭が切り替えられたんじゃないかなあ。それで、話題にならなくなったんだよ。大人がパニックになればなるほど、子供はトラウマになると言うしね」

「だったらいいんだけれど」それもこれも、と僕は言う。君がネットの犯行予告を分析して、事件を予見できたからだ、と。

「僕を信じて、行動してくれた武藤さんのおかげだよ」

「悪い気はしないけれど。でもほかにもうないよね」

「犯行予告自体は永遠になくならないよ。昔は、呪いの藁《わら》人形を作らなくちゃいけなかったのが、今は、キーを打てばいいだけ、下手《へた》すれば、脅《おど》し文句すらコピーアンドペーストでいいからね。そりゃあ、なくならないと思うよ。さっきもどこかのバイトが、店長に対する怨嗟《えんさ》をぶちまけて、いつか殺してやる、と宣言していたし、小学生を攫《さら》おう、と仲間を募《つの》ってる人もいる。そんなのばっかりだ」

「とはいえ、今回みたいに実際に行動に移す人は」

「少ないよ。でもゼロじゃない」前と同様、彼は言う。

「もし、また見つけても、僕には相談しないでほしい」

小山田俊は子供らしく笑ったが、肯定も否定もしていないところは、子供らしくない。

「でも安心して。この人はやるぞ！　と思えるような犯行予告はまだそんなにないから。仮にいたとしても、僕の勘が外れることもあるんだよ」

小山田俊の家から帰ろうと玄関で靴《くつ》を履いていた時、ドアノブが乱暴に動いた。びくっとする間に開かれたドアから、小山田俊の母親が入ってくる。

「あ、武藤さん、来ていたのね」

「俊君と少し話があって」

「あの子、どんな感じ？」彼女は慌ただしく靴を脱ぐ。教科書に出てくるような正しい母親、とは言い難いが、息子のことを常に気にかけているのは分かる。

「いろいろ頑張っているようですが」

「いろいろって何」自分の問いかけ自体が曖昧であったにもかかわらず、彼女は僕の曖昧な返事を見逃してくれなかった。

「人助け、とかです」

「家にいながら？」彼女は冗談だと思ったらしい。

14

道の前方に裁判所が見えた。いつも通り、職員用ゲートをくぐるために身分証を取り出す。前方に陣内さんの後ろ姿があった。それは別段、珍しいことではない。ただ、その後ろ、数メートルを空けて歩いている若い男のことが気になった。まわりは裁判所の職員ばかりだったが、その男は明らかに陣内さんに声をかけたがっている。小走りで距離を縮めたかと思えば、足を止め、また意を決したように速足になり、結局、ブレーキをかける。ぎこちない動きだった。気になり、様子を窺いながらその若者の後に続いた。そして僕はいつの間にか、その若者をつけるような動きを取っていたらしい。横にいた木更津安奈に、「だるまさんが転んだ、みたいな動きしていますけど、何かあったんですか」と冷たく言われた。歩いては止まり、歩いては止まりを繰り返している、と。

「いや、あの男が気になって」隠す必要もなく、僕は指を小さく出し、前方に向けた。

「陣内さんに声をかけたいけれどかけられない乙女」木更津安奈は言ってから、「って感じではないですよね」と否定した。

「この間の通り魔犯の仲間が、その仇《かたき》を討《う》つために、陣内さんを背中から攻撃しようと思いつつ、殺気を悟られそうで躊躇《ちゅうちょ》している」僕は言う。「という感じでもない」

裁判所の入り口で、陣内さんは急に駆け足になるのが見えた。若者も走るだろうかと思ったが、諦めたように足を止めた。

彼が脇に逸れようとしたところを木更津安奈が、「あの」と呼びとめた。振り返った彼は思ったよりも体格が良く、ジーンズにジャケットを羽織《はお》った恰好だった。怯えたように、「え」と言う。顔には狼狽《ろうばい》が滲み、後ろめたさが見え隠れする。

「主任に、陣内さんに声をかけたかったんですか？」こういった場合、木更津安奈はためらいがない。「ニュースで見て、懐かしくなったんですね」

若者の表情は微《かす》かに引き攣る。僕はその反応に見覚えがあった。少年たちが、こちらの問いかけに対し、窓を開けるかどうか、恥ずかしさをこらえて表現すれば、それは心の窓と呼ぶべきだろうが、その心の窓を開けるべきかどうか逡巡《しゅんじゅん》し、カーテンを、心のカーテンをちらちらと動かす反応だった。僕たちを信頼していいものかどうか悩んでいるのだ。

「ほかにも何人か来ているんだ」僕は説明する。「ニュースの後、昔、陣内さんの知り合いだった人が」

「慕《した》われるタイプではないのに」木更津安奈が言う。

「あ、はい」若者は周囲を気にした。「ええと、自分は」

「名前を教えてくれれば、陣内さんに伝えますよ。わたしたち、あの人と同じ仕事場ですから。陣内さんが主任」

「我らが主任は、いつもあそこで捕まってるけれど」僕は裁判所の入り口の奥を指差す。例によって、身分証を忘れたのだろう、ゲートを通るように指示された上に、なぜか背広のあちこちに金属製のガラクタが入っているものだから、ポケットを全部空にする作業で、警備員たちをうんざりさせている。

若者も立つ位置を少し変え、建物の中に目を凝《こ》らすようにした後で、ぷっと噴き出すようにした。「迷惑な人ですね」とこれは思わず洩れた本音のようだった。

「眩《まぶ》しいでしょ」木更津安奈はむすっとした顔のままだった。

「え」

「ああいう人のもとで働いている私たちがどれだけ大変か、後光が差してるでしょ。

眩しくて目が開けられないでしょ」

「はあ」

「陣内さんと会うのは久しぶり？　なんですかね」僕は、馴れ馴れしくならぬように、かといって、堅苦しくならぬように、と気をつけながら訊ねる。

「あの、これ、連絡先なので。もし気が向いたら電話をください、と言ってもらえますか」

小さく折られた紙を受け取る。携帯電話のものと思しき数字が手書きで記されていた。

「名前は？」木更津安奈の口調は冷たく、刑事の取調べにも聞こえる。

彼は名前を口にしようかどうか、明らかに悩んだ。そして、「若林《わかばやし》と言います」と言った。「覚えていてくれていればいいんですが」

幸いなことに陣内さんは覚えていた。名前を聞いた途端、「ああ、あいつか」と答えた。電話番号のメモをじっと眺め、「タイムリーというか何というか」とぶつぶつ言う。

もちろん僕はそこでお役御免、あとは陣内さんとその彼とが連絡を取り合うなり、飲みに行くなり、煮るなり焼くなり、どうぞお好きに、若い者たちにおまかせして、といった気持ちだったが、顔を上げた陣内さんは、「武藤、おまえも一緒に来いよ」と言った。

「どこにですか」

「まだ場所は決めてねえけど、まあ、居酒屋とかでいいんじゃねえかな」

「それって、さっきのあの若者と？」

「若者と言ってももう二十代後半だろうな」

「遠慮しますよ、せっかくの懐かしの対面なんですよね」

「関係なくもないんだよ」

「この世の中の大半のことは、関係なくもないですからね」

「鋭いな」

「前に陣内さんにそう言われましたから」

「鋭いのはやっぱり俺か」

「とにかく僕は、その会合には参加しません」

「いいのか」「まったくもって」「後悔するなよ」「しません」

主張すべきことは主張した、という思いで席に戻った。これだけはっきりと意思表示をしたのだから、問題はあるまい、百点満点だ、と。が、その日の夜には僕は居酒屋〈天々〉で、陣内さんとその若者と一緒にジョッキをぶつけ合い、「乾杯」と言い合っているのだから、自己採点とは当てにならないものだ。

「ええと、こっちが若林。で、こっちが武藤」陣内さんは乱暴に説明する。

若林青年は鼻筋が通り、面長で、髪は短かった。常に人を睨《ね》めつけているような目つきだが、おそらくそれは生来の顔つきのせいなのだろう。「この目で損してるんだよ」と陣内さんも言った。

「中学に入った途端、先輩たちに囲まれましたからね」

「それで不良の仲間入りだったんだよな」

「陣内さんとどこで知り合ったんですか？」僕はビールを飲んだ後で訊ねる。

若林青年が、コーチに指示を仰ぐかの如く陣内さんに視線をやったが、当のコーチは試合自体を観ていないようだった。

「だいぶ前にお世話になりました」そう言う声は、ずいぶん弱々しい。

「ほら、陣内さん」

「ほらって何だよ」

「若林さんも困ってるじゃないですか。僕がいたら、迷惑ですよ。二人で話をしたかったんでしょうし。積もる話を」

「何も積もってねえよ」陣内さんはすげなく言う。「でもな言っただろ。これはおまえにも関係しているんだからな」

「そうなんですか？」僕は若林青年に伺《うかが》うが、彼自身も、「そうなんですか」と言いたげだった。

「そうなんだよ。若林、いいな、おまえにとってはつらいだろうけどな、これは大事な話なんだ。我慢しろよ」

「陣内さん、無茶苦茶ですよ、言い分が」指摘したものの、陣内さんがいつもよりも深刻な面持ちなのは見て取れた。さらには、若林青年も覚悟を決めたように顎を引く。弱味でも握られているのではないかと思うほどだ。

「武藤、おまえは今、棚ボタ君を担当しているだろ」

守秘義務！と叫びたくなる。

「棚ボタ？」若林青年はもちろん訝しげだ。

「あいつは十年前、交通事故に遭った。そうだろ。正確に言えば、通学中に友達が交通事故で亡くなった」

「ええ、まあ」それがどうかしたんですか、と問いたかった。

「その事故を起こしたのが、若林だよ」

驚いた。驚いた後、すぐに陣内さんを睨んだ。不謹慎で無礼な冗談に思ったからだ。ただし、陣内さんの表情はふざけているわけではなかった。

「え」僕は、若林青年に目を向ける。

彼が？

この彼が、栄太郎君を撥ねたのか。

もちろんじっくり眺めたところで、真実かどうかが判明するわけではないだろうが、僕はしばらく若林青年を見てしまう。

棚岡佑真を担当する僕は、彼の伯父から話を聞き、田村守に会い、その結果、十年前の交通事故については被害者側の立場に立っていた。

小学生一人の命を奪い、一緒にいた同級生の人生を折り曲げてしまう、大いなる雷を落としたその事故に、憤りを覚えた。

結果、その運転手に対しても怒りに似た感情を持っていた。

心細そうに俯く目の前の若者がその人物だと言われても、ぴんと来ない。

僕の気持ちが見えたのか、陣内さんは、「武藤、おまえだって分かってるだろ。世の中で騒がれている事件の犯人は、たいがい、本人もどうしてそんな事件になったのかよく分かっちゃいない」と肩を小さくすくめた。「おまえはどうせ、涎《よだれ》を垂《た》らしながらアクセルを踏みまくって小学生を撥ねて殺した、人喰《ひとく》いタンクローリーのお化けみたいなのを想像していたんだろうが」

「設定がよく分かりません」そもそもその言い方だと、タンクローリーが何かのアクセルを踏んでいるようではないか。

「犯人に会ってみれば、この、不良の先輩に囲まれて、おどおどしていた若林君だ」

凶悪事件として騒がれ、怪物出現の如《ごと》くニュースで取り上げられ、今すぐ業火《ごうか》に焼かれるべきだと罵《ののし》られる加害者も、対面してみると、ごく普通の少年だった、ということは少なくない。ごく普通の、境遇に恵まれなかったり、規範意識を失っていたりはするものの、異常とは言い難い少年たちだ。器質的な問題なのか、明らかにこちらの常識や倫理観や、物事の優先順位が通じない相手もいるが、それは少数だ。

若林青年は肩をすぼめている。

先日の、棚岡佑真の伯父のことが頭に蘇った。彼は麦茶を飲んだ後で、グラスを置くと、「あの時の犯人は別に、死刑とかになったわけじゃないですよね」と静かに言った。死刑にならないのは納得がいかない。その思いが含まれていた。

犯人は死ぬべきだ、と。僕はその感情を受け入れられた。

そしてその、「死刑になってもおかしくはない」少年が、僕の前で俯いている。何を喋ればいいのか。頭を回転させるが思いつかず、「あのニュースを見て、陣内さんのことを思い出して、会いたくなったんですか？」と訊ねた。

「あ、はい」若林青年も返球できるパスが飛んできたことにほっとしたのかもしれない。「たまたま見て。気になったんです」

「『通学路の事件』なんて、おまえにとっては敏感にならざるを得ないキーワードだもんな」

「陣内さん、無神経ですよ」

若林青年は顔をしかめたが、怒るわけでもなかった。「でも、それは事実です。ニュースや記事で、そういう単語が聞こえるとどうしても反応しちゃって。あの通り魔事件も気になったので、ネットで事件のことを調べたんです」ぼそぼそと喋る。「そうしたら、陣内さんの名前が出てきて、びっくりしました。今、東京にいるんだと分かったので」

「おまえはいつから東京に住んでいるんだよ」

「五年くらい前です」

そこで若林青年はトイレに立った。僕が質問するより先に陣内さんが、「不良というか、不良にもなれないちょっと夜更かし好きのガキだったんだよ、あいつは」と説明した。

「そうなんですか」

「小さい頃に母親は失踪《しっそう》して、父親が育てた。偉いといえば偉いよな。ただ、酒を飲んでは家で暴れる」

「ああ」

「まあ、父親もいっぱいいっぱいだった。勤めていた会社も結構、嫌な感じでな。そのあたりは俺にも分かった」

「会社が嫌な感じ、ってどういう」

「上司が威張り腐っていて、社員は馬車馬のように働かされる。だから父親も余裕はなかったんだろう。とにかく、あいつは中学から悪さをするようになって」

「事故は」

「免許を取ったばかりで嬉しかったんだ。先輩から預かった車を運転して、夜通し、走ってた。まあ、家にいるより外にいたほうが楽しかったんだろ。で、朝方、注意力が鈍ったところでよそ見運転だ」

棚岡佑真と田村守、そして栄太郎君のいる歩道に突っ込んだ。その場面が目の前に広がるような恐怖を覚え、僕は一瞬、目をぎゅっと閉じてしまう。

若林青年が戻ってきたところで陣内さんは、「そう言えばおまえ、今、何の仕事してるんだ」と質問する。

「救急の」若林青年はあまり説明したくないのかぼそぼそと話す。「資格は取ったんですけど」

「救急救命士の？」僕は言う。

「あ、はい」

穴埋め、そのことがまず頭に浮かんだ。

自分が犯した罪を穴だとするなら、それを埋めることで償《つぐな》いたい、そう彼は考えたのだろうか。立派な心がけ、と言えるかもしれないが、素直にそれを受け止められない自分もいた。彼の車に撥ねられた栄太郎君は二度と帰ってこない。若林青年のやったことは取り返しのつかないことなのだ。何かで穴埋めできるものなのかどうか。

とはいえそのようなことを若林青年には言うわけにはいかない。と思っていたところ、陣内さんが言った。「若林、おまえ、昔のお詫《わ》びに、人助けをしたいとかそんな調子のいいことを考えたんじゃねえだろうな。あのな、人の命は別の命じゃ埋まらねえぞ」

　そんなに強い言い方をしなくても、と思いながら、僕は止められなかった。

　若林青年は弱々しい笑みを浮かべた。どうしてなのかと訝しんでいると、「十年前、陣内さんにそれ言われましたよ」と言う。

「俺が？」

「サッカーで失点に繋がるミスをした選手が、後半に二点取って、挽回することはできる。ただ、おまえの場合はそうじゃない。何をやろうと、挽回はできない。人の命は失ったら、戻らないからだ。奮起して、後で何点取ろうと戻ってこない。取り返しがつかないことってのもあるわけだ。

　十年前の陣内さんはそう言ったらしい。

「だから、どうすればいいのか必死に考えろ、って、あの時、陣内さんが」

　必死に考えたところでたぶん答えは見つからない。だが、必死に考えるほかない。

「覚えてねえな」

「自分の発言に責任を持たないことに関しては、本当にすごいですね」僕はむしろ感心する。

「陣内さんにそう言われていたし、俺が救命士の資格を取ったのは、別に、それで自分のやったことの穴埋めをしようと思ったわけじゃないです」静かに彼は言う。「でも、俺も何か仕事はしないといけないですから、どうせならそういうほうが」

「それで救命士か。消防士ってことか」

「安直ですかね」

「いいじゃねえか、大変な仕事だろ」

「でも」若林青年は奥歯を嚙んだのか、顔を少し歪ませた。「なれませんでした」

なれませんでした。の意味がすぐには分からない。

「専門学校に通って、資格は取ったんです」

「おまえの親父、よく金を出してくれたな」

「父親のこと、覚えてくれてたんですか」

「まあな」

「あの人、陣内さんのこと話してましたよ。忘年会の時のこと」

「何だよそれ」

「忘れたんですか」若林青年はふっと息を吐く。それから、「あの人、少し前に死んで」と続けた。それがいつの時期の話なのかは想像がつかないが、感傷のこもらぬ淡々とした言い方だった。「少し金が入ったから、学費はそれで」

「あ」陣内さんはそこで思い出したかのように、声を高くした。「おまえ、ちゃんと遺族にも送金してるのか？　それ約束したよな、あの時」

若林青年の目に力がこもるのが、見えた。「当たり前じゃないですか。それはちゃんと、バイトした自分の金で」

言うのは簡単だが、専門学校で救急救命士の資格取得の勉強をしながらバイトをするのは簡単なことではないはずだ。もちろん彼自身が言うように、「当たり前のこと」なのかもしれないが、それにしても実際にそれをやることの難しさも僕は想像できる。

「それならいいけどな」陣内さんはあっさりと言った。「で、資格は取ったわけか」

「だけど、採用されなくて」

なぜ、と思い、僕は陣内さんを見てしまう。

「面接か」と陣内さんは言った。

「たぶん」

「まさか、おまえ、自分から、僕は十代の時に車で人を撥ねてますけど頑張ります！とか正直に言ったんじゃないだろうな」

少年の時の罪は、刑事処分を受けた場合であっても、その執行を受け終われば、

「人の資格に関する法令の適用については」免《まぬか》れる。少年法六十条だ。保護処分の場合はもちろん、それに関係なく資格の取得はできる。つまり過去の事件は、少年院を退院したのちは、救急救命士の資格取得に影響を与えないはずだ。が、もちろんそれは、ルールブック上だ。ルールブックよりも人の気持ちや倫理観が社会を動かしている側面は否定できない。

「言いました」若林青年は力ない声で認める。

「まじかよ。おまえな、言わなくていいことをわざわざ言う必要あるか？」

「でも」

「たとえば、今朝の食事は食パンでした、とかな、面接会場に来る途中で可愛《かわい》い女の子に会ったのでどきどきしました、とかな、言わねえだろ？　言う必要がないからな。別に後ろめたくなかったとしてもな、言わなくていいことは言わなくていい。そうだろ。どうせ、面接で隠さずに告白する自分は偉いぞ、と思ったんだろ？　そんなのは偉くもなんともねえからな。正直が勝つのは、昔話くらいだろ、『イワンのばか』とかな」

馬鹿と非難された若林青年は怒らなかった。「『イワンのばか』は好きですよ」

「読んだことあるのかよ」

「少年院にあったんです。陣内さんも読んでるんですか？　俺、好きなんです、あれ」

「頭を使って、仕事をする部分がか」

若林青年が微笑む。「頭を使った仕事はきつそうです」

僕はといえば、子供の頃に読んだことがあるようなないような、といった具合だったから、話に加われなかった。

「頭を使ったところで穴ができただけじゃねえか、というラストな」陣内さんが言うが、僕は内容を知らないため意味が分からない。

「ラストは」若林青年はそこで、はっきりとした言い方をした。「違います」

「違う？」

「穴のくだりの後に少し文章が」

「そうだったか」

「はい」若林青年は頭の中でだけ、その文章を朗読しているかのようだった。「訳によって違うんですけど、菊池《きくち》寛《かん》の訳が俺は」

「ええと、何の話だったっけ」僕が言う。

「ああ、面接のことでした。いえ、正直に言いたかったわけじゃないんです。俺、怖かったんですよ」

「何がだよ」

「昔の事故のことを隠して、採用されて、後でばれたら大変なことになるんじゃないか、って。それならいっそのこと、はじめに話して、それを知った上で働かせてもらえれば一番いいじゃないですか。だから、喋っちゃったんです。許してもらえると期待したのかもしれません」

気持ちは分かると僕は思った。後ろめたさを抱えながら、恐る恐る働くのは誰だって避けたい。

「甘いんだよ」

「そうなんです。甘かったんです」若林青年は反論しなかった。「それが理由かどうかは分からないですけど、落ちました」

「それだっての」陣内さんは根拠もないだろうに、断定する。「で、どうしたんだよ。ほかの自治体の消防士とかもあるだろ」

若林青年は首を左右に振る。「また同じことになりそうで怖いんですよ」

「せっかく学校に通って、資格を取ったのに」僕は言っている。救急救命士の資格は、就職先が消防隊員に限られているはずだから、もったいない、という思いを抱いてしまう。

「じゃあ、今は何をやってんだよ」

「バイトしながら、他のことを」

「何だよそれ」

それから若林青年は、遺族にはお金と一緒に手紙も送っていると話した。十年前の審判の際に、その約束もあったのかもしれない。「向こうからは何か反応はあるか」

「いえ」

「まあそういうものか」

「ですね」若林青年は言った後で、「それであの」と不安そうに僕を見た。

「え」

「あの、あの時の小学生、何か事件起こしたんですか？　起こしたんですよね」

「棚ボタ君か。何で知ってるんだ」陣内さんはテーブルの上のから揚げを箸《はし》でつかみ、口に放り込む。

「陣内さんが言ったんですよ。十分くらい前じゃないですか」

「十分前の俺のせいか」

溜め息をこらえながら僕は箸を伸ばす。から揚げ好きの陣内さんにかかると、気を許している間に皿が空になってしまう。

「棚ボタ君はまあ、ちょっとしたことで捕まってな。この武藤が担当している」

「十年前のこと、何か言ってますか？」若林青年は勇気を振り絞ったのだろう、少し声を震わせた。「あれが悪い影響を与えたんですかね」

「いや、何も。とにかく、あまり話をしてくれないんだ」僕はそう答えた。嘘ではない。

そうですか、と若林青年は力なく言う。

「それにしても、何でこんな時なんだろうな」陣内さんがそこでぼそっと言った。

「どういう意味ですか」

「ようやく、って時だったってのに」

ようやく、が何を指すのか分からなかった。ようやく、十年前の事件が落ち着いてきたのに、という意味だろうか。

「まったく、ふざけんなよなあ」陣内さんはこの場にいない何者かに抗議するようだった。

「誰に言ってるんですか」

それから僕は、別の話題に切り替えたほうがいいように感じた。どうして自分がそこまで気を回さなくてはならぬのか、という疑問はあったが、とっさに出てきたのは、「陣内さん、ローランド・カークさんの話、もっと教えてくださいよ」という言葉だった。

「何だよ唐突に」

「いえ、気になったんですよ」実際、先日、永瀬さんの家で耳にして以来、そのミュージシャンのことは気になり、アルバムを購入し、通勤中に聴くようにもなっていた。

「誰ですか」若林青年はさほど興味がなかったのだろうが、それでも話題を少しでも広げ、コミュニケーションを取ろうという態度を見せる。

僕は知っている情報をいくつか話した。ジャズミュージシャンであること、生まれてすぐの事故で盲目になったこと、自ら考案した管楽器をゴルフバッグのようなものに入れて運び、演奏中はそれを三本同時に口に入れて演奏すること、鼻でフルートを吹くこと、何より、演奏が抜群に恰好いいこと。

若林青年はそのいちいちに反応を示した。「楽器を三本同時に、ってどうやるんですか」「鼻で吹けるんですか?」「演奏、恰好いいんですか」

「武藤、おまえが聴いたライブ演奏あるだろ。あれを聴くたびに、俺は想像するんだ」陣内さんは言った。こちらを指導するような仕草で、から揚げを刺した箸を振るようにしているものだから、鶏肉《とりにく》が下に落ちてしまう。舌打ちして、拾い上げた。さすがにそれを食べはしなかったが、別のから揚げを刺し、また箸を振る。これがうちの子供ならば、「ほら、また同じことやると、落としちゃうぞ」と言いたいところだ。

「何を想像するんですか」

「盲目のローランド・カークには演奏中の観客の反応は目では見えない。そうだろ。まあ、もともと客席が暗けりゃ、見えないかもしれないが、ローランド・カークにできることは、自分のベストのアドリブを吹くことだけだ」

僕はあの演奏を思い出す。ほかの誰よりも軽快に、そして豪放に、タップダンスと鉄棒の大技、その両方を一人でやってのけるようだった。

「自分の演奏の評価は、ソロが終わった後に分かる。観客からの拍手と歓声で、だ。他の共演者に勝ったかどうか、そのジャッジは観客の反応でしか分からない。ローランド・カークは全力で演奏を終えた後、それを待つ。お世辞の拍手はすぐに分かる。正直な観衆の評価がすぐに跳ね返ってくるわけだ」

あの演奏の後の観客の反応は、もちろん僕は録音されたライブアルバムで聴いただけだったが、ほかのミュージシャンの時とはあからさまに違った。特に二曲目の、永遠に続くと思われたソロが終わった瞬間、みなが席を立ち、手を叩くことで火を起こすかのような激しい反応は、僕がヘッドフォンで聴いているからかもしれないが、祝福と歓喜の爆発としか思えなかった。

「よし勝った！　ローランド・カークは心で拳を強く握ったんじゃねえか。あのライブ、あの場にいたかったよな。ほかのミュージシャンもみんな、いい。ジョージ・アダムズ、ジョン・ハンディ、チャールズ・マクファーソン、みんなだ。ただ、そんな中で、ローランド・カークは圧勝だった。あの瞬間、ローランド・カークは勝った」

「何に勝ったんですか」

「さあな。全部だろ。全部に勝った。しかも、あのライブは、テナーサックス一本だ。得意の三本奏法なしで、真っ向勝負で勝った」

「サックス三本って、可能なんですか？」

「三本も口に含んで頰を思い切り膨らませてな、見た目も変だからイロモノ扱いされていたんだと。ただ、分かる奴には分かった。それこそ目を瞑《つむ》って聴いてれば、一番、いい音を鳴らしているのが誰かは明々白々《めいめいはくはく》だ。ジミヘンも、ローランド・カークを認めていた。フランク・ザッパもだ」

「陣内さん、そういう話になるとやたら、くどいですよね」

「おまえが話を聞かせてください、と頼んだんだろうが」

「そんな人、いたんですね」若林青年が言う。

「でもな、三本の管楽器を一気に吹くなんてのは並大抵の肺活量じゃあ無理だ。息継ぎなしで延々吹くのも普通の呼吸じゃできない。だろ。だからなのかどうかは知らねえが、晩年には脳卒中で半身不随になった。尋常じゃない呼吸法のせいで、頭の血管がつまったのかもしれないんだと」

「そうなんですか」若林青年ははっとした表情になった。

「そうだ」「どうして」「どうして、ってどういう意味だ」

「ひどいですよ」

「ひどい？」

「そんなにひどいことが重なるなんて、ひどいじゃないですか」

若林青年はもともとそうであるのか、口下手な印象で、物事の説明をはなから諦めている節があった。が、彼の言わんとすることは理解できた。視覚障碍を負いながらも、音楽のおかげで勝利してきたローランド・カークさんが、その音楽の演奏により脳卒中となり、さらなる試練を受けるのだとすれば、ではどうやって彼は生きてくれば良かったのだと憤りたくなるのは理解できる。

「まあな」陣内さんは言う。

ローランド・カークさんは半身不随になった時、何を思ったんだろうか。ふざけるな！　とさすがに腹を立てたのか、あまりの仕打ちに呆れたのか。「本人は、どう思ったんでしょうね」

「分かんねえけどな」陣内さんは少し遠くを見る表情になった。「だからって、サックス吹かなきゃ良かったとは思わなかっただろうな。そっと吹いていれば良かったな、とは絶対に思わなかったはずだ」

僕は笑う。「でしょうね」

あの演奏を思い出してしまう。ソロで走り続ける彼のサックスの音は、そこら中を縦横無尽に飛び交う鳥のようで、誰かが捕まえようとするのをするすると、優雅に抜け、そのまま空を一気に上昇し、どこまで伸びるのかと皆が見つめている中、雲はおろか大気を越え、宇宙にまで突き抜けてしまい、観客は自分も宇宙に連れて行かれるような驚きで、声を上げずにはいられない。あの、湧き上がる歓声はまさにそのようだった。こんなところまで来た！　という感動と痛快で、みなが笑っているのが想像できる。

ソロの長さは事前に決まっていなかったのだろうか、ローランド・カークさんは延々と吹いていた。まだだまだだ、まだ吹ける、まだ観衆を連れて行ける、とソロを飛ばしていた。

「録音された歓声ですら、あれだからな、その場は物凄かっただろうな」と言う。

「まあ、若林が言うように、ひどい話だ。だけど」

「だけど、何ですか」

「全部がひどかったわけじゃないだろ。ローランド・カークは、最高の瞬間を、最高の演奏を何度も生み出した」

そもそも、演奏自体を聞いていない若林青年からすれば、「そんなこと言われても」と思ったのかもしれないが、彼は特に言い返さなかった。

その後、から揚げの二皿目が来た後で、本題に入るかのように、「それで、だ」と陣内さんが言った。声の調子が先ほどまでとは違う。

「はい」

「実は若林にちょっと聞きたいことがあるんだけどな」

「あ、はい」

「おまえ、今、どの辺に住んでるんだ」

「住所ですか」

「そうだ」

個人情報を話すことには抵抗があるのではないか、と危惧したものの、若林青年は素直だった。はじめは大雑把《おおざっぱ》な地名を述べていたが、陣内さんがさらに詳しく知りたいと分かるとスマートフォンで地図を表示させ、説明をはじめた。

15

居酒屋を出た後で、陣内さんと若林青年が肩を並べてとぼとぼと歩くのを追うようにしながら先ほど判明した事実を頭の中で思い返した。

若林青年は、住所をどうして陣内さんから確認されなくてはいけないのかと不思議そうだったが、それも調査官の仕事の一環なのだろうと納得していた様子でもあった。ただ僕は、陣内さんが別の質問を続けたことで何を知りたがっているのかを理解し、そしてショックを受けた。

さすがにそれは。と思いながらも否定はできず、頭は混乱した。鑑別所にいる棚岡佑真のことを何度も思い出し、重苦しい気持ちになった。

先ほどの店でのローランド・カークさんの話が頭を過る。「そんなにひどいことが重なるなんて、ひどいじゃないですか」まさにそれを感じずにはいられなかった。

「あ、あいつら」陣内さんが立ち止まったのは、駅に向かう歩道の脇、小さなコインパーキングの前に来たところだった。二十代前半と思しき男たちが、黒い乗用車に乗ろうとしているのが見えた。

「どうかしたんですか」

「いや、あいつらさっき、俺たちの前に会計していただろ。店で」

「でしたっけ」

「あ、そうですね」若林青年が顎を引いた。「レジの前で、騒がしかった気がします」

陣内さんは難しい顔をした後で、「まあ、いいか」と吐き捨てるように言った。

「何がですか」

「飲酒運転じゃねえか、と思ったんだけどな」

「あ」

「でも俺たちが気にすることでもないよな。関わるのも面倒だ」

陣内さんは先へ行こうとした。確かに、運転手が飲酒しているのかどうかは分からない。僕たちは店で酒を提供した側でもないのだから、責任もない。

が、気づいた時には若林青年がパーキングの車に近づいた。こちらに背を向けている。

　僕が慌てて後に続くと、彼は自分より年下の若者に対し、「飲酒運転は駄目ですよ」と言っていた。陣内さんの舌打ちが聞こえる。

　当然ながら若者たちは不愉快そうに、眉をひそめた。「知り合いだったたっけ？」と訊ねる。「知り合いでもないのに、おせっかい？」

「おせっかいとかじゃなくて、飲酒運転は本当に怖いから。事故が起きてからじゃ」

　若林青年の横顔は少し引き攣っているが、それ以上に真剣味があった。

「さっきさ、同じ居酒屋にいたよな。レジのところにいたのを覚えててさ」陣内さんが言う。若林青年の思いを理解しつつも、ここで喧嘩腰で行く意味はないとさすがに分かっているのだろう、相手を諭《さと》すような口ぶりだ。「だからてっきり、飲酒運転なのかなあ、と気になっただけで。悪いな。ほんと少し気になっただけなんだ」

「いいえ、絶対飲酒運転です。お酒臭いですから」若林青年の目が強張っているのが分かり、僕は焦《あせ》る。止めることもできない。

「え、何？」運転手と思しき男は長身で、相手との身長差を強調するかのように、腰を折り曲げ、大きな声で聞き返す。「人のことを臭いとか言わないでよ。そういうのって、名誉毀損《きそん》とかにならないの？　侮辱《ぶじょく》罪とか。酔っ払っているのは、そっちじゃないの」

　確かに、彼が喋るたびにアルコールの匂いが少し広がるのは事実だ。

「飲酒運転は本当に危ないですよ」僕はとりあえず、そう言う。間違ってはいない。本当に危ない。

「これくらい平気ですよ」若者のその発言は、飲酒を認めた証拠でもあった。

「余計なおせっかい、やめてくれる。おっさんたちのほうが酔ってるんだろうが」

「おせっかいじゃなくて、法律で決まってんだよ。事故ったら同乗者も罪になるぞ。

分かってんのか？」陣内さんが言う。「まあ、面倒臭いから、俺はどうでもいいんだ
けどな」

「事故ったら、でしょ。事故になるって決めつけないでよ」

「いや、事故らなくても罪になる」僕は言う。

「あのな。みんな、事故にならないと思って事故を起こしてんだよ。クリフォード・

ブラウンもダイアナ妃もな。まさか事故るとは思っていなかった。エドワード・スミ
スもそうだっての」

「陣内さん、最後のは誰ですか」

「タイタニック号の船長だよ」

い。

「船じゃねえかよ」長身の男が口調を荒くした。馬鹿にされたと思ったのかもしれな

「事故には変わりないだろうが」穏やかに物事を進めるのが苦手な陣内さんは、このあたりで説諭《せつゆ》の態度を放棄した。

若林青年がさらに、「何かあったら取り返しがつかないから。車の運転はやめたほうがいい」と訴える。

「もう何なの。嫌がらせはやめてほしいんだけれど」長身の男が自分の頭を乱暴に掻いた。自分の仲間を振り返るようにし、それが合図だったかのように他の男たちが近づいてくる。腕まくりをし、手に唾《つば》をし、喧嘩に加勢を、といった素振りこそなかったが、のしのしとやってくる。

よろしくない展開だった。公務員が路上で口論、口論の末に暴行、といった記事が頭に浮かぶ。もしかすると、「あのお手柄公務員が」と言われる可能性もある。

が、「取り返しがつかない」と繰り返す若林青年の姿は、僕を息苦しくさせる。正義感でもなければ規範意識でもなく、彼はおそらく自分自身のために、その若者とぶつかっていた。「そんなにひどいことが重なるなんて、ひどいじゃないですか」の言葉を、僕はまた思い出してしまう。「ひどいことはもうやめましょうよ」と若林青年

は内心で叫んでいる。

　このまま車を運転したとして、事故は起きるかもしれないし、起きないかもしれない。起きない可能性のほうが高いとも言えるが、若林青年はそこでは退けない。言葉を発すれば発するほど説得力は蒸発し、相手には届かず、からからと音が出るほどの空回りを見せる。

「ここで言い合っていても埒《らち》が明かない。とにかく運転はやめておけって」陣内さんも、若林青年の気迫に、危険なものを感じたのかもしれない。この場を丸く収めるべく舵《かじ》を切ろうとしているのが見て取れる。

　とはいえ若者たちも難癖をつけられ、大人しく引き下がる気にもなれないのだろう。不満を隠そうとしない。

「分かった分かった。とにかく、みんな落ち着こう。あのな、いいか、言うことを聞かないと」陣内さんは、若者たちに向き合う。

「どうするって言うんだよ」

「こいつを、その車に投げる」

「何だそれは」

　僕も陣内さんが掲げた右手に握られた物体が何であるのかすぐには分からなかっ

た。だから、「から揚げだ」という答えには、ぎょっとした。冗談かと思うが、暗い中、パーキングに設置された外灯で照らされている茶色の小さき物は、から揚げにしか見えない。

若者たちはさすがに苦笑した。「はあ？　から揚げを投げてどうするんだよ」

そもそも、どうして手に持っていたのか。

「フロントガラスにから揚げをぶち当ててみろ。どうなるのか分かってんのか？」人質に銃を当て、一歩でも動いてみろ、こいつの頭が吹っ飛ぶぞ、と言わんばかりの口調だった。

若者たちは顔を見合わせる。変人にぶつかっちまった、という困惑と、どう反撃しようか、という嗜虐心《しぎやくしん》がじんわり浮かんでいる。「どうなるって言うんだよ」

「あのな。から揚げの油とフロントガラスは相性がやばいんだよ。汚れは取れないし な、一度、油分がつくとそこだけガラスが脆《もろ》くなって、ちょっとした小石で壊れるぞ」

聞いたことがなかった。隣の若林青年も目を丸くしていた。

「何言ってんの、おっさん」

「まあ、そう思うのも理解できる。ネットで検索してみろよ。から揚げとフロントガラス、で検索しろって。今すぐ、ほら」陣内さんが言うと、若者の一人がスマートフォンを操作しはじめる。釣られて僕もネット検索の作業を始めてしまう。

驚いたことに、陣内さんの言ったことは真実だった。から揚げの油分でフロントガラスの強度が低下する、と複数のサイトに記されており、中には、から揚げをこすりつけたガラスを拳で割るレポートまであった。自分の先入観を後ろからバットで殴られたかのような感覚に襲われたのだが、その後で、「もしや」と思った。

想起したのは、小山田俊のことだ。彼の工作ではないか！　頭の中で警告を鳴らす自分がいた。

陣内さんは、小山田俊に、自分の思い込みを正当化するために、いくつかの情報をそれらしくネット上に放流させるように依頼した。そう彼から聞いた。から揚げに関する情報も、その一つだと考えるべきではないか。

顔を上げると、スマートフォンを眺めていた若者が、「本当だ」と呟いている。「ガラス壊れるらしいぞ」

陣内さんは満足げだった。先ほどよりも本格的な投球フォームになっている。「いいか、ぶつけるぞ。今日は車に乗らない、と約束しなけりゃ、投げるからな」

「ちょっと待って」運転手の彼が手を前に出す。「から揚げの油分とフロントガラスの強度の関係」について真に受けた顔をしており、「投げないでください」と懇願《こんがん》するようになっている。

「じゃあ、乗らないよな」

「ただ、車乗らないと帰れないんで」と顔を歪める。「置きっぱなしにすると、ここのパーキングの料金もどんどん嵩んでいくし」

それは大変だ、と僕も事情は理解する。このまま車を置いて、彼らが歩いて帰ることに現実味があるのかどうか。

「しょうがねえな。代行を呼べよ、代行を」

「代行？」

「車の運転代行だよ。今日のところは俺たちが金払ってやるから。今から呼んでやる」

これが比較的、平和に場を収める着地点であることは認めざるを得ない。陣内さんは勝手に、「俺たち」で支払うことを約束したが、それくらいであるなら協力しようという気にもなった。

「どうして、から揚げ、持っていたんですか」

代行業者が思いのほか迅速《じんそく》にやってきてくれたため、若者たちを苛立《いらだ》たせなくて済んだのだが、彼らを見送った後で僕は訊ねた。

「店で落ちたのを拾っただろ。あとで、洗えば食えるかなと思って、紙に包んでポケットに入れていたんだ」

「汚いですよ」

「やり方が汚い、ずるい、って意味か？　賢いって言えよ」

「違います、文字通り、汚いじゃないですか。そこまでして食べなくても」

「美味《うま》いんだけどな」

食うか？　と若林青年に勧める。彼は身体の強張りをやっとのことで解いた様子だった。困惑は続いていたのだろうが、「いえ、いらないです」と断った。

16

陣内さんは、「よお」と挨拶をする。「俺のこと覚えてるか」

まるで親戚の叔父《おじ》さんのようだ。

鑑別所の調査室でテーブルを挟み、前にはジャージ姿の棚岡佑真がいる。彼は、「ああ、はい」と力なく言った。こちらは親戚の甥っ子の雰囲気はまるでない。僕たちを馬鹿にしているのではなく、本心を悟られぬように膜を張っている。前回、僕が面接した時と同じだ。

「おい、俺のこと覚えてるか」陣内さんがもう一度訊ねた。

例によって、「はい」と力のない応答があるだろうなと思ったが、そこで彼が、「この間、車の中で。弘法がどうしたこうした」と言った。

さすがに彼も、自ら築いた壁の中で黙っていることに疲弊したのだろうか。それとも突然やってきた陣内さんの、馴れ馴れしい接し方に意表を突かれ、壁の穴からこちらを覗きたくなったのか。どちらせよ、これは大きな一歩だ。

「弘法も筆を選んでた、って話か。よく覚えてるじゃねえか」陣内さんは声を弾ませる。「いいぞ、俺の話はちゃんと覚えておくと、得するからな」

「弘法の話もですか?」思わず僕は言ってしまう。

「とりわけ役に立つ」

鑑別所にいる少年に何度調査に行くかは各調査官の判断によるが、棚岡佑真からはほとんどまともに話を聞けていないため、また訪れるつもりではいた。

確認しなくてはいけないこともあった。先日の若林青年との話で浮かび上がった、この事件の別の面についてだ。そのことを考えると気が重く、だから陣内さんが、

「俺も行ってやるよ」と言い出したのは、僕にとって好都合だった。

「ただ、そうじゃねえよ。弘法の話をするよりも、もっと昔に会ってるっての」陣内さんは言う。

「もっと昔？」

「ヒント、十年前」陣内さんが気軽に言った。「ヒントその二、俺は埼玉の家裁にいた」

「え」

「小学生のおまえたちが俺に詰め寄って、どうにかしろって言った」陣内さんは砕けた口調ながら、ふざけた様子はない。「事故を起こした犯人を許すな、って騒がしかったじゃねえか。あ、これ、ヒントその三な」

「あの時の？」

「あの時、おまえが尊敬した憧れの調査官だ」「あの時のやる気のなさそうな」

「おまえはずいぶんでかくなったな。こっちも歳取るわけだ」

　棚岡佑真は記憶を必死に巻き戻し、必要な場面を探し出している。眼球がくるくると動く。再生しては早送りをし、停止しては巻き戻し、とやっているのかもしれない。やがて、「ああ」と眉をすっと持ち上げた。茫然自失《ぼうぜんじしつ》とまではいかないが、彼の意識がふわっと蒸発するように僕には見えた。途方に暮れたのか、もしくは、思いもしないことに啞然《あぜん》としたのか。

「劇的な再会、こういう偶然もあるもんだな」陣内さんは、それが自分の功績であるかのように言う。「運命ってやつかもしれねえぞ」

「あ、いえ」少し黙った後で、棚岡佑真がむすっと言い返した。「それは違う」

「何が違うんだよ」

「それは」浮足立つメンバーを、その狼狽を鎮《しず》め、落ち着かせる主将のようだった。運命だとは言わせない、という意思を感じさせた。「ただの転勤じゃないか」

「どういう意味だよ」

「裁判所の仕事の転勤じゃないか。運命とか、そういうんじゃ」

「だが、おまえが東京にいたのは転勤とは違う。偶然だろ。ってことは運命だろうが」

「陣内さん、運命にこだわらなくても」

「街中でばったり会ったならまだしも、鑑別所で会うのは別に、不思議ではないと思う。十年前も今回も少年犯罪なんだから、家裁の調査官と会うのは自然なことだし」

十年前の棚岡佑真にとって、あの時に会った家裁の調査官は、世界で最も憎むべき男の十位以内には入っていたのではないだろうか。

憎らしい犯人を庇う悪人、悪人の死刑を阻む悪徳弁護人のようなものではなかったか。

その陣内さんが十年の時を経て、前に現われたことに狼狽はあるはずで、その狼狽《うろた》えにより、彼の鎧が崩れはじめ、本音が口から出始めている。

「その通りだ、棚ボタ君。これは偶然じゃない。おまえは今、大事なことを言った。事件を起こした少年が、調査官の俺と会うのは別に、不思議じゃない、ってな。その通りだ。一度事件を起こした少年が、また別のことをやらかして、再会することはある。しょっちゅうじゃないが、珍しいことでもない。ただな、十年前のおまえは違っただろ」

「どういう意味」

「あの時のおまえは事件を起こした側じゃなかっただろうが。事故の現場にいた小学生だっただけだ」

「ええ、まあ」

「十年前と今回とは繫がっちゃいないんだよ。あの時のおまえはただの目撃者で、今回は、加害少年だ。だけど、だ。おまえは、それも別に大した驚きじゃない、と言い切った。偶然でもなければ、運命でもない。当たり前のことだってな」

「陣内さん、彼は、当たり前とは言ってないですよ」

「ようするに、おまえから見ればこれは、もともと繫がっているんじゃねえのか」

そのあたりで僕はようやく陣内さんが、何を言いたいのか分かった。いや、何の話をするためにここに来たのかは察していたが、どのように話を進めるつもりなのか分かっていなかったため、いよいよここで核心に迫るのだと理解した。

「繫がっている？　何が」棚岡佑真は怒り口調だった。余裕を失っている証拠とも言える。

「十年前の事故と、今回、おまえが起こした事故は繫がっているんだろ」

棚岡佑真が黙る。少し大きく目を開いた。予想以上に、相手が身近に足を踏み入れていることに気づいたのかもしれない。

「おまえがあの道を暴走したのには目的があった。あそこを歩いてる男に車をぶつけようとした」

「俺がわざとあの人を撥ねたと言いたいんですか」

「正確に言えば、少し違う。おまえがあの被害者を撥ねたのはわざとじゃない。事故だ。ただ本当は、別の男をわざと撥ねようとしていたんだ。違うか？」

棚岡佑真は返事をしなかったが、頰の痙攣がかわりに応えた。

「おまえ、本当は、十年前のあの犯人を撥ねるつもりだったんだろ」

17

呻き声こそ上げなかったが棚岡佑真は明らかに動揺していた。

覚悟はしていたものの、本当にそうだったのか、と僕は衝撃を受けている。できれば違っていてほしかった。

先日、陣内さんは居酒屋で、若林青年に対し、今の住所やバイト先の場所、通勤時間やその経路について、ストーカーみたいですよ、と揶揄《やゆ》されるほどしつこく訊ねた。その結果、若林青年が朝、あの事故のあった現場を歩いていることが判明した。

だとすればどうなるのか。

陣内さんはその説明を、若林青年にも僕にもしなかったが想像はできた。

あの事故はもしかすると、若林青年を狙ったのではないか。

棚岡佑真は、若林青年を轢くつもりだったのではないか。

復讐だ。

一度そう思うと、それが真実としか思えなくなった。

棚岡佑真は長い間、硬直していた。陣内さんを前にして固まり、少しすると眉をまた引き攣らせた。「何を」と口にしたが、よろけるボクサーが必死にグローブを構え直すような痛々しさを伴っている。

「あいつは住んでいる場所から勤務先まで行く途中で、あの時間、あの道を通る。そうだろ？ おまえはそこを狙った。どうやって、そのことを知ったのかは分からないけどな」

陣内さんが言葉を止め、棚岡佑真をじっと見た。

彼は息をすっと吸う。

まだ子供なのに、と思ってしまった。まだ子供なのに、自分の人生を左右する判断を自ら行わなくてはならないのだ。棚岡佑真に限らない。僕たちが仕事で向き合う少年のほとんどはそうだ。人生経験のほとんどない中で、大事な選択をしなくてはいけない。何を喋り、何を隠し、何を目指し、何を遠ざけるのか。親や弁護士のアドバイスに従うことはできるが、最終的に決めるのは自分だ。酷だ、といつも思う。大人にだって正解の分からない問題に答えなくてはいけない。

やがて棚岡佑真は静かに口を開いた。「栄太郎の実家に」と言う。うまく言い繕《つくろ》おうとするのではなく、本音を話すことを決意したようだった。

「手紙を送っていたから」

「手紙を？　君が？」

「違うって。あの犯人が」

お詫びの手紙を栄太郎君の家に送っていた、という話は若林青年から、僕も聞いた。

「その手紙に住所があったんで」

「君は、栄太郎君の実家と連絡を取り合っていたんだっけ」

「去年、たまたまあっちに行くことがあったから、栄太郎の墓のところに寄って。そこで、栄太郎の親に会ったんだ。家に来ないかと言われて」

両親は、亡くなった息子の友人に会えたことを喜び、家に呼んだのかもしれない。

「何喋っていいかも分からないから、断ろうと思ったんだけど」

「結局は行ったの？」

棚岡佑真は僕に向けていた視線を少し外した。答える必要があるのかどうか逡巡するような間があった。「断るのも悪い気がしたから」と少し顔をしかめ、口を歪ませた。

「悪いと思ったんだ？」僕に確認してしまう。

「まあ、はい」

「差出人住所から、あいつの居場所を知ったわけか。そう言えば、あっちの両親はどんな感じだったんだ」

「どんな感じ、と言われても」

「手紙は読んでいたのか？　そんな手紙、破っていてもおかしくはないだろうにな。ちゃんと、取っておいたんだな」陣内さんは、その手紙を出した若林青年のことも知っており、その手紙を送る彼の胸の内も把握しているにもかかわらず、乾いた言い方をする。

「最近やっと、手紙を読めるようになったみたいで」

「だけどまあ、とてもじゃねえけど、許せねえよな」

「栄太郎の親たちは偉い。もっと怒ってもいいのに」

もちろん怒っているに決まっていた。大事な子供の命を奪われて、「しょうがないよね」と思える親などいない。気が変になるほどの苦しみと憎しみで、自分の身の、皮膚がひっくり返り、内臓が曝《さら》け出されたかのような気分になるのだろうとは想像できる。いや、想像だけでもそうなのだから、実際には、おそらく正気を保つことは難しい。ただ、とはいえ、どうにもならないのだ。いくら苦しんでもどうにもならない。だから、必死にどこかで折り合いをつけようとしているのではないか。

そこで僕は顔を歪めたくなる。悪いことをしたわけでもなく、まったくのとばっちりによって地獄に落とされた者が、どうして折り合いをつけるような苦労をしなくてはいけないのだろう。

「それで、どっちだよ」陣内さんがぶっきらぼうに訊ねた。

「どっちって何が」

「復讐を思いついたのは、そこで住所を知ったからなのか？　それともその前から考えていたのか？　どっちなんだよ」

「それは」

答えに一瞬詰まった棚岡佑真を見ると、どっちでもいいじゃないですか、と助け舟を出したくなるが、これは大事な質問だった。

「前から。俺はあの時からずっと納得がいかなかったから」

「友達の復讐を考えていたってわけか。すげえな。偉いよ、おまえは」

「そういう言い方はちょっとまずいですよ、陣内さん」

「でもな、実際、すごいじゃねえか。たぶん、こいつは真面目に考えて、その気持ちを大事にしていたんだろ。車で、あいつに復讐するつもりだった。目には目を。未成年の起こした交通事故には、未成年の交通事故で。そういう作戦だったんだろ」

「作戦という言い方は」

「武藤、おまえは、『言い方を正す会』にでも入ってろ」

「あるんですか」

「なければ、作れよ」

陣内さんが喋っている間、棚岡佑真の表情は固まっていた。力を抜いているのではなく、その場でぺしゃんこにならぬように必死にこらえているようでもあった。テーブルの上で握られた拳がぎゅうぎゅうと音を立てるようだ。

「どうして」絞り出すような声がした。「駄目なんだよ」と。

「え」

「人を車で撥ねた奴を、撥ねたらどうして駄目なんだよ。おかしいだろ」棚岡佑真は、僕が会ってから初めて、声を荒らげた。大きなものではなかったが、それは喉の奥から絞り出されたものだ。

どうして駄目なんだよ。

彼に襟首《えりくび》をつかまれ、詰め寄られている気分だった。

どうして、駄目なんだ。おかしいじゃないか。

説明しろよ。

そう言われても説明することができない。同時に、若林青年のことを考えていた。そんなにひどいことが重なるなんて、ひどいじゃないですか、と言った彼のことだ。

「気持ちは分かる」陣内さんも言った。「試合中、ファウルされた側が病院に送られたってのに、反則したほうの選手はプレイを続けているようなもんだよな」

「はい」

「だけど、そいつにタックルして、病院送りにすればいいってもんじゃねえだろうが」

そうですかね？　と言うような表情で、棚岡佑真は黙った。少し下を向いている。病院送りにして何がいけないんですか、と言いたいのだろうが、気持ちはどうせ分かってもらえないのだ、と諦めたのかもしれない。

「誤審ばっかりなんだよ」陣内さんは、これは自分のために呟くように吐き捨てた。誰が誤審をしているのか、とは訊かなかった。陣内さんもその名前は知らないに違いない。

さらに僕は、ここで棚岡佑真に殻に入られてしまったら、壁を作られてしまったらいけない、と慌てて、「いくつか訊きたいことがあるんだけど」と言う。言ってから、「何を訊くべきか」と頭を回転させた。

指を一つ出す。一つ目、という意味合いだった。そうすることで閃《ひらめ》きが指先に、落雷よろしく落ちてくるのではないかと期待もした。家裁調査官の精霊がいるのならば、縋《すが》りたかった。「いい知恵を！」と祈る思いだ。

「警察にはどうして、そのことを説明しなかったの」

「警察は」棚岡佑真が言う。「ほかに目的があったなんて思っていないから。俺が無免許で、運転ミスしただけだと」

確かに、よほどのことがない限り、「本当は他の人間を狙ったんだろ？」などと問い詰めることはないのかもしれない。

「もし俺が正直に話をしていたら、何か変わった？」と言った。変わらないですよね、と言外にはある。

どうだろうか。僕も即答はできない。

昔の友達の復讐のために車を暴走させた結果、通行人を死なせてしまったのと、単に、運転ミスで人を撥ねてしまったのとでは、どちらの罪が重いのか。

結果が変わるのか？

「なぜ、別の人を撥ねることになったの」僕は違う疑問を口にしている。

今までは、無免許で暴走し、運転を誤り歩道に乗り上げたのだと思っていた。僕だけが思っていたのではなく、警察の調書にそうあった。が、もし彼があの日、若林青年を狙って車を走らせていたのだとすれば、ただの暴走とは違う。

棚岡佑真が口をぎゅっと閉じた。

横の陣内さんに視線をやるが、特に関心がないのか、調査室の壁のほうを眺めている。相変わらず、頼りになるのかならないのかまったく分からない人だ。

「見間違いをしたとか？」僕は思いついた可能性を口にする。若林青年にぶつかるつもりが別の人を撥ねてしまったのではないかと思ったのだ。

棚岡佑真はうなずきかけたところで、顔の動きを止めた。それから左右に振り直した。正直に話すべきかどうか悩んでいる。「間違えたわけでは」

「じゃあ、どうして」

「あの男のことは見つけた。その前に、住所のアパートに行って、顔も見ていたから、歩いているのはすぐに分かった。車のアクセル踏んで、突っ込もうとして」

「だけど、できなかった」おそらくそうだろう。

棚岡佑真は息を吐く。奥歯を嚙み、こらえるような表情になる。髪をはじめはゆっくり搔くようだったのが、だんだんと激しくなり、それに煽《あお》られるかのように呼吸が荒くなった。

「喋ってみろよ」陣内さんが言った。「棚ボタ君、おまえは今、どうせ、何をどう喋ったらいいのか、どこまで話すべきか悩んでいるんだろ」

「別に」

「いいから話せよ」

「何で」

「おまえ、麻雀知ってるか？」陣内さんは組んでいた足を伸ばし、まっすぐ座り直す。「知らなくてもいいけどな、麻雀は四人でやる。でな、俺たちはな、見えない相手にずっと麻雀の勝負をしているようなもんだ。最初に十三枚の牌《パイ》を配られて、それがどんなに悪くても、そいつで上がりを目指すしかない。運がいい奴はどんどんいい牌が来るだろうし、悪けりゃ、クズみたいなツモばっかりだ。ついてない、だとか、やってられるか、だとか言ってもな、途中でやめるわけにはいかねえんだ。どう考えても高得点にはならない場合もある。けどな、できるかぎり悪くない手を目指すほかないんだよ」

サックスを吹く男の姿が、僕の頭に浮かんだ。彼のはじめの手牌は良くなかったかもしれない。ただ、その中で、できる限り最高の手を作ろうとした。悪くないどころか、素晴らしい上がりに到り着いた。

「何が言いたいんですか」

「一緒に作戦を考えてやるから、俺にもその手を見せてみろ」陣内さんは言う。「隠して一人で考えていても限界があるんだよ。それにな」

「それに？」

訊ねた僕のほうに陣内さんは顔を向けた。「敵は相当、強《つえ》えからな。一人で戦うのは厳しいんだよ。俺たちの、おまえの相手にする敵は容赦《ようしゃ》ねえぞ」

「敵？」棚岡佑真が眉をひそめる。

その敵たちには、「運命」や「社会」や「不公平」といった名前がついているのだろうか。僕たちは、それらと生まれた時から戦っている。麻雀は、ベストを尽くしても勝てるとは限らない。将棋や囲碁とはまた異なり、実力以上の、運が求められる。真面目に丁寧に手を進めても、「そんなでたらめな」という打ち方をする相手にやられることもある。

「別に」棚岡佑真は少し甲高い声を出した。「別に、悩んでない。隠していることもない」

「嘘つけ」陣内さんがそこで言った。「犬のこと喋ってねえだろ」

犬のこと？

発言の意図が分からず、陣内さん得意の暴投まがいの言葉かと思ってしまう。

犬とは何のことだ。

はじめに頭に浮かんだのは、陣内さんが犬好きだ、ということで、次は、「陣内さんの友人の永瀬さんは、盲導犬を連れていたな」ということだった。

永瀬さんと初めて会った時の場面が、記憶から呼び起こされる。事故のあった交差点で、ラブラドールレトリバーにつけられた装具をつかみ、静かに歩いていた彼は、「犬は犬同士、飼い主は飼い主同士で分かり合えるはずだ」と陣内さんに唆《そそのか》され、わざわざタクシーでやってきたとも言った。そこまで思い出したところ陣内さんが、「あの時、おまえの運転する車の前に犬が飛び出したんじゃねえのか？　チワワが」と投げかけていた。

棚岡佑真ははっとし、陣内さんに向けた視線をすぐに床に落とした。

「飼い主に訊いたんだよ。ずっと黙っているのはきつかったんだろう」

「その人を問い詰めたんですか？」僕は訊ねる。

「目の前でお茶飲んでただけだ。お茶も別に、催促したわけじゃねえぞ？　出してくれたんだよ」

　あの朝、この棚岡佑真は若林青年を狙って、アクセルを踏もうとしたがすんでのところで、ためらった。怖気づいたというべきなのか、正気に戻ったというべきなのか。その時のその棚岡佑真を襲ったのは安堵だったのか、それとも、自らの不甲斐《ふがい》なさに対する怒りだったのか、もしくは、十年前に亡くなった友人への申し訳ない気持ちだったのか。

　その時、チワワが飛び出したというのか。

　意気阻喪《そそう》の彼は、車道から飛び出した犬に驚き、慌てて、誤った運転操作をしてしまった。

　そうなのか？

　棚岡佑真の反応を見れば、わざわざ確認を取る必要はなかった。

「どうして犬のこと、言わなかったんだよ」

「変わらないから」棚岡佑真は答えた。「どっちにしろ変わらないんで」

「何が変わらないんだよ」

　棚岡佑真は口を閉じた。

「君は」僕は言う。「犬の飼い主が責任を問われるのを避けたかったんでしょ？」閉ざされようとしている窓の隙間に、矢を射ち込むような気持ちだった。「事故が起きたことはどうにもならないなら、別にわざわざ、犬のことを言わなくてもと思ったのかな」

「だから、そうやって恰好つけてもいいことねえんだよ」陣内さんが声を少し大きくする。「誰かを庇ったところで、それでみんなハッピーになるか」

「言ったところで何も変わらない」棚岡佑真はまた言った。

「死んだ人間は死んだままだからか」

「陣内さん、言い方を正す会として抗議します」

「抗議を認める」陣内さんはなぜかきびきびと答えた。それから棚岡佑真に指を向ける。失礼な指差し禁止委員会も発足したくなったが、とにかく陣内さんは、「棚ボタ君、おまえはそう言うけどな」と唾を飛ばした。「こっちは本当のことを話してくれないと困るんだよ。犬を避けようとして、運転を誤ったと言うなら、そう言ってくれねえと」

「自分たちの仕事の都合だろ」

「後で、真実はこうでした、なんて分かったらがっくり来るに決まってんだよ。俺たちが聞いていた話は何だったんだ。時間の無駄だったのか、ってな。だったら、ずっとばれないようにしてりゃいいんだ。途中でばれるような嘘をつくなよ」

「それはそっちが問い詰めてきたんだろ。犬のことを喋れ、って」

陣内さんは、親の小言に耳を塞ぐ子供じみてきて、聞こえない聞こえない、と両耳を手で塞いだ。「それでも、おまえががんばって、『犬なんて知りません』と突っぱねりゃ良かったんだよ。こっちも聞いちまったら、それを踏まえるしかねえだろ」とムキになる。

「俺は別に踏まえてもらわなくてもいい」

「じゃあ、とりあえず、『犬のことは嘘です』と言えよ」

「どうして、命令されなくちゃいけないんだ」

もはや、ああ言えばこう言う、打ってきたから打ち返す、という卓球の試合のようなやり合いになってきていた。どちらの言い分も誤ってはいないが、もっと落ち着くべきなのは明らかだ。

僕は、まあまあ、と言い合いを宥《なだ》めなくてはいけなくなる。もちろん、ここで棚岡佑真が、「嘘です」と言ったところで、もはや嘘とは捉えられない。

「あ、そうだそうだ、漫画のこと」僕は話を落ち着かせるために、別の話を口にする。「実は、田村守君に話を聞いたんだ」

「守？　会いにいったわけ？」

「そうだよ。わざわざ俺たちは埼玉まで足を延ばして、会いに行ってやったんだ。ありがたいだろ。キャッチャーでちゃんと守れなかった守君にな」

「キャッチャー？」

「高校球児だったんだよ」陣内さんは言う。

棚岡佑真には、突然、昔の友人の名前が出された動揺が見えたが、それ以上に、懐かしさに包まれているようでもあった。「全然、会ってないんだろ？」

「俺は転校したから」

「でも実は会っていたのかもしれない」僕は言う。

「会っていた？　どういうこと」

「彼、あの漫画家のサイン会に並んだことがあるらしいんだ。その時、君もいたんじゃないのかな」

棚岡佑真はすぐには答えなかったが、反応からすれば、うなずいているようなものだった。

「おまえ、直訴したんだろ？　あの漫画を最後まで描いてくれ、って」陣内さんは真っ直ぐの球しか投げない。

棚岡佑真は何か言い返そうとしたが、すぐにぐっと黙る。どう対応すべきか決めかねているのかもしれない。

「で、おまえは断られて、つかみかかった。だろ。おまえな、それじゃあ誰も頼みなんて聞いてくれねえぞ」

棚岡佑真は下を向いていたが、「あの漫画家、へらへら笑いながら、あれは失敗作だったからな、君も物好きだね、とか言いやがった」と絞り出すように言った。

「別に悪気はなかったんだと思うよ」僕は言う。「自分の作品だから、謙遜《けんそん》というか自虐的な意味合いだったんじゃないのかな」

「でも、その漫画を栄太郎が本当に大好きで、完結するのを楽しみにしていたんだ。いくら作者だって、馬鹿にしていいわけない」

「そんなおまえの背景なんて、あっちは知らないっての。あのな、自分のことは全部、みんなに理解してもらって当然とか思ってるんじゃねえだろうな。中学生じゃねえんだから」

「陣内さん、彼も当時は中学生だったんです」

「俺だって昔は中学生だったっての」

「それは関係ないです」

「とにかくな、そのサイン会に、田村守も並んでいたんだ。しかも目的は、おまえと同じだったようだぞ」

「同じ？」

「直訴だよ。守君は守君で、おまえと同じ気持ちに駆られたんだろうな。ただ、結局、サイン会が中止になって、直訴はできなかった。どうして中止になったのかは分かるよな」陣内さんは相手の弱味を攻撃するのが嬉しそうだった。「どこかの幼い中学生がつかみかかって、騒動になったからだ」

自分の失態をほじくられた恥ずかしさと自己嫌悪のためか、棚岡佑真は下を向いた。

「でも、その漫画家も少しは気持ちを分かってくれても良かったような気もしますよね」僕は、彼の気持ちに、正確に言えば中学生の彼の気持ちに寄り添う気持ちで、言った。その漫画家の対応が重要だったのではないか。もう少し、中学生の棚岡佑真に優しく接してくれていれば、今回の事故は起きなかったのかもしれない。「今、その漫画家、どうしてるんですかね」

「あんな漫画家、落ちぶれて当然だ」棚岡佑真は口を尖らせた。それは、自分たちを裏切った人間の末路に溜飲《りゅういん》を下げたい様子でもあった。「最近は漫画ほとんど描いてないし、たぶんもう引退してる」

「動向は気にしていたんだな」

「あ」棚岡佑真がそこで顔を起こした。かと思えば陣内さんをじっと見つめる。

「どうした」陣内さんも少し警戒した。

「忘れてますよね？」彼は喧嘩腰の口調で、それは真剣さの表れに思えた。

「何をだよ」

棚岡佑真は、鼻を鳴らすようにして笑った。ほら、と言わんばかりだ。「やっぱり、嘘だったんじゃないか」

「十年前のことか？　何だよ、何が嘘なんだよ」さすがに陣内さんの声にも動揺が滲む。

何でもない、と棚岡佑真は洟らした。どうせおまえたち大人はいつだってその場しのぎの口先だけではないか、と嘲《あざけ》られているように感じる。僕は自分が責められている気分になった。

18

「武藤、ここでクイズだ」鑑別所の帰り、駅から裁判所まで歩いている時に、陣内さんが言ってきた。すでに、棚岡佑真から問い質されたこともすっかり忘れたようで、その切り替えの早さが羨《うらや》ましくもある。

日比谷公園の中を歩いていた。中を通り抜ければ、裁判所に近い。遊歩道の左右に生える木々は、こちらを歓迎しているようには見えなかったが、わずらわしいと疎《うと》んでるようでもなかった。天気は良く、刷毛《はけ》でこすったかのような白い雲がちらほらと見えるくらいだ。

晴天が解放感をもたらしたわけではないだろうが、陣内さんは公園を散策する気持ち満々で、ふらふらと池に立ち寄ったり、地面の石をどけて虫を探したり、と僕の子供がやるようなことをやるため、そのたびに、「寄り道している場合じゃないですよ」と軌道を戻すために声をかけた。

「クイズって何ですか」

「事故でうっかり人を殺しちまった奴と、殺そうと思ったけど失敗しちまった奴と、どっちが悪人なんだろうな」

それはすでにクイズの形態ではなかった上に、「事故」というキーワードが出てきた時点で、棚岡佑真のことから派生しているのは明らかだった。

「どっちが」僕は呟き、想像する。

ごく普通の人間がたまたまミスをし、たとえば車の運転ミスをしたり、階段の上の人にぶつかったりした結果、誰かの命を奪ったとする。一方で、殺意を持っていたにもかかわらず、犯行直前に横やりが入り、実行できなかった人がいたとする。

どちらが悪いのか。

結果だけを見れば、前者の場合は死者が一人出ている。後者はゼロだ。社会への悪影響という意味では、前者が悪い。だが、「ただ」と言いたくなるのも事実だ。「Aさんは運が悪かっただけで、どちらが恐ろしいかといえばBさんのほうが」

「勝手に名前をつけたわけか」陣内さんが笑う。

「もし自分が、どっちの人と一緒に暮らしたいかといえば、Aさんのほうが」

「だろうな」

Bさんはたまたま失敗しただけで、一歩間違えれば、殺人者となる人物なのだ。片やAさんは運が悪かっただけで、基本的には恐ろしい人ではない。「でも、実際はA

さんも敬遠されますよね。昔、人身事故を起こしてるんだったら」むしろBさんのほうが問題視されない可能性も高い。あの若林青年はまさにAだ。せっかく資格を取ったにもかかわらず、救命士になることも叶わない。よそ見運転は自業自得とはいえ、故意の殺人犯とは事情が違う。

「それじゃあ、次の問題な」

「はあ」

「たまたま運転ミスで人を轢いちまった男と、復讐するつもりで別人を轢いちまった男と、どっちが悪人でしょうか」

「ああ、はい」

「どっちだ」

「それは」僕は少し考えたのちに、言う。「復讐者のほうが怖いですよね。さっきの理屈からすると」

故意があるほうが恐ろしい。それは間違いない。過失なら誰にだって、僕にも可能性はある。

「そうだ。ただ、復讐したくなる気持ちは分からないでもないよな」

「ええ」

むしろ、世間はそのことに共感するのではないだろうか。

いくら少年であっても、悪いことをしたのならば正しく償うべきだ。

未成年はどうして守られなくてはいけないのか。

同じ目に遭わせればいいのではないか。

僕たちがよく投げかけられる厳しい言葉だ。

法が犯人を罰しないのであれば、犯人がのうのうと生きているくらいならば、誰かが復讐すればいいのに。

僕だって同じ気持ちはある。

「たぶん、あいつはずっと考えていたんだろうな。仇討ちをしてやる、って」陣内さんが言った。この時点で、もはやクイズではなくなっている。「小学生の頃から、復讐するつもりだったんじゃねえか」

「つらいですね」僕は言ったものの、何がつらいのか、これがつらい、とその部位や理由を具体的に挙げることができない。子供の頃からの夢を叶えたのであれば、讃《たた》えられるべきことだが、子供の頃からずっと抱えてきた恨みを晴らしても賞賛されることはない。賞賛どころか、非難されるべきだろう。

彼の思いを想像し、僕は途方に暮れたくなる。

せっかくの人生の大事な年月を、光の届かぬ深海でじっとするように、負のことを考えることで費やしてきたのだ。復讐心という、強大なマイナスのエネルギーに彼は翻弄《ほんろう》された。

どうしてこんなことにならなくちゃいけないのか。

「なあ、武藤、おまえ、ネットサービスの会員になったことってあるか？」陣内さんが急に、そう言う。「何かのサービス」

「どういうことですか」

「そのサービスを使っていて、納得いかないことだとか、分からないことがあったとするだろ」

「はい」

「で、問い合わせようとする。だけどな、ホームページのどこを探しても問い合わせ先が見つからないことがあるんだよ」

「ああ、分かります」ある通販サイトから退会しようと思ったにもかかわらず、どこをどうクリックしてもその方法が見つからなかったこともある。「申し込み受付の電話番号はあるのに、故障受付の番号はなかったり」

「だろ」

「それがどうかしたんですか」何が関係するんですか。

「同じような気持ちになるんだよ」

「何がですか」と言いかけたところで、見当がついた。

棚岡佑真はどうしてこんな目に遭わなくてはいけなかったのか。両親を交通事故で亡くし、友達も事故で失った。そして今度は自分が人を死なせてしまった。無免許なのだから自業自得、といえばそうだが、それにしても、もう少しどうにかならなかったのか。

誰に比べて、というわけではないが、明らかに不公平じゃないか。

誰かに物申したい、少なくとも、問い合わせたい気分になる。

どうしてこうなっているんですか。

どうにかならなかったんですか。

クレームではないんです、教えてほしいだけなんですよ。

ただ、それができない。僕は知らず、空を見上げてしまう。問い合わせ窓口、どこにあるんですか、と訊ねたくなるが、そのこと自体を問い合わせることができない。

「今回つくづく思ったけれどな」陣内さんが言う。

「何ですか」

「自動車ってのはすごいな」

「え」

「考えてみろよ、自動車を発明した奴もまさか、その車がまさかこんなに人の命を奪うとは思ってもいなかっただろ。今までで世界で何人が車の事故に遭ってるんだよ」

ああ、と僕はぼんやりと答える。自動車に罪はない。ただ、交通事故が作り出した悲劇は数知れないだろう。加害者も被害者も人生の道筋が大きく狂ってしまう。同意する気持ちもある一方で、そのことで自動車の存在を否定する気持ちにもなれない。破壊を目的として作られた兵器とは異なるのだ。

陣内さんもすぐに、「武藤が何を言いたいかは分かるぞ」と言った。「自動車のおかげで受ける恩恵も大きい。自動車がなかったら、今のような社会は成り立っていない。今のような社会になるような必要があるのか、と主張する人間もいるかもしれないが、自動車がなかったら、もっと大勢が命を落としている可能性もあるはずだ」

「ええ、そう思います」

「車を作ったのは誰だ？」

「誰でしょうね。検索すれば分かるんでしょうけど」そこまでする気にはなれない。この人が大勢の命を奪う発明をしてしまったのか、と思ってしまいそうな気もする。

「どうせ平賀源内とかだろ」

「違うと思いますし、どうせ、という言い方は」

「だいたいのことは平賀源内がやってるんだよ。土用の丑《うし》の日を作ったのも、万歩計を作ったのも、平賀源内だ。自動車も」

「違いますよ」と僕は答えた後で、先日、小山田俊から聞いた話を思い出し、「トノサマバッタの名付け親も違いますよ」と言い足した。

「それは本当だっての。検索してみろって」陣内さんは真面目な顔で言ってくる。

「しません」僕は言う。「それよりも陣内さん、記憶ないんですか？」

「記憶？」

「十年前、棚岡佑真に何を言ったんですか」

「何がだよ」

「十年前のあれは嘘だったのか、とか陣内さん、言われてましたよね。何をまた嘘ついたんですか」

「いつも嘘ついてるみたいじゃねえかよ。俺は大事なことは忘れないんだよ」

「覚えてなかったじゃないですか」

「あれは、あいつが勝手に思い違いをしていただけだろ。何でもかんでも怒りゃいいわけじゃないってのにな」

先ほどの棚岡佑真は、怒っているというよりは、寂しげだった。

19

遊歩道を進み、僕たちは、首賭けイチョウの前に出ていた。樹齢三百五十年と言われる、幹の太さは六メートルある、大きなイチョウの木だ。太く、高いその姿は貫禄があり、巨体の長老じみているが、四方八方に伸ばす枝には躍動感が漂っている。あちらこちらから情報を得るために伸ばす、アンテナのようだ。

近くにはパネルがあり、このイチョウの説明が記されている。道路拡張のために伐採される予定だったイチョウの木を、日比谷公園の生みの親であるところの博士が、「首を賭けても移植する」と言って、持ってきたものらしかった。移植不可能と言われていたらしいが、それが今や、こんなに堂々と、立派に生きているのだから、当の博士も万感の思いを抱いているに違いない。ここに来るたびそう感じ、同時に、その博士もすでに亡くなっていることに、しんみりしてしまう。

「陣内さんみたいですよね」

「どういう意味だよ」

「無理だと言われてるのに、首を賭けてでもやってやる、とか大見得《おおみえ》切っちゃうところが」

「俺はもっと冷静で、ちゃんとしている。できない約束はしない」

「この博士だって、冷静でちゃんとしていますよ」僕は言ったが、陣内さんはそもそも、「誰それに似ている」であるとか、「誰かのような」であるとか、そう言われるのが嫌いなことも思い出した。

「さっきの話だけどな」陣内さんが言った。「俺はああいう面倒臭い話は苦手なんだよ」

「イチョウのことですか」

「違うっての。車だよ。自動車はたくさんの事故も起こす。とはいえ、それなら悪かといえば、まったく違う。自動車は人を救うこともある。俺だって、車のおかげで助かっている」

「ですね」

「そういう、善悪がはっきりしない問題は本当に面倒臭い。苦手だよ」

「そうですか」

「たとえば、テロリストの一員問題、知ってるか？」

「またクイズですか」

「テロリストの一員を捕まえました。爆弾が仕掛けられていて、放っておくと、大勢の人が死んじゃいます。だけど、テロリストは口を割りません。その場合、テロリストを拷問《ごうもん》するのは許されますか、許されませんか」

やはりこれもクイズとは言い難いが、僕は唸《うな》りたくなる。「それ、正解はあるんですか」

「どうだろうな」陣内さんは顔をしかめていた。「単純に、数字というか計算だけで考えるなら、助かる人数が多いほうを選べばいいのかもしれねえけどな」

同様の問題は、僕も聞いたことがある。有名なところは、トロッコが人を殺すやつだが、大勢の命と引き換えに誰かを生贄《いけにえ》にすべきかどうか、とはシンプルかつ悩ましい、悩ましいというよりは不快な問いかけだ。

「一番身近なのは、『アルマゲドン』だよな」陣内さんは言う。

「あの映画？」

「ブルース・ウィリスが人類のために死んでもいいのか、って問題だ。もっと言えば、あれでハッピーエンドってことでいいのかどうか。まあ、あの映画を観る限り、あれが正解だったんだろうけどな」

「あれ、身近な問題としては、悪い奴なら殺してもいいのか、ってのもあるよな」

「応用問題なんですか？」

「どういうことですか」と言った後でその内容に想像がついた。

これもよく言われる仮定の話だ。目の前にいる子供が、もし将来、ヒトラーになるのだとすれば、殺害するのは良いことなのか悪いことなのか。良いこととは言い難いにしても、それは許される部分があってもいいのではないか。いや、そうはいっても殺人はならぬ。これもまた、つらい設問だ。

ヒトラーは極端な例であるし、仮に彼がいなかったとしても別の人物が出現し、歴史は同様の道筋を辿る可能性はあるかもしれないが、それをもう少し分かりやすく譬えるならば、目の前で人を殺そうとしている人物を谷底に突き落とすのは是か非か、となる。

「谷底って、どういうシチュエーションなんだよ、それは」僕の話を聞いた陣内さんは、妙なところにこだわった。「おまえはどこにいるんだよ」と。

「別に僕じゃなくてもいいんですけど。あ、ほら、この間のことが分かりやすいですよ」

「この間？」

「通学路で刃物を持った人が暴れたじゃないですか。僕たちは、幟で応戦しましたけど、もし、子供が刺されそうだったら、犯人に危害を加えて良かったんですかね」もっといえば、犯人を僕たちが死亡させてしまったらどうだったのか。

陣内さんは腕を組んでおり、首賭けイチョウと問答するような恰好で立っていた。

「どうだろうな」

棚岡佑真の場合は？

自然と僕はそのことを考えてしまう。子供の頃の友人の仇を取るために車を暴走させた。

もちろんやってはいけないことだ。だから罰せられる。

が、「分かる」という人間もいるのではないか。僕にだって、「分かる」部分はある。

復讐したくなる気持ちは仕方がない。

それと同時に、先日会ったばかりの若林青年の姿が思い出され、胸の中に暗い色の雨雲が立ち込める。

口数が少なく、物静かそうな彼はごく普通の青年で、誰かの憎悪の対象になるには弱々しかった。十年前の事故のことを今も背負い、その重さによって腰を曲げ、潰れそうになりながら必死に生きている。

だから許してあげてもいいじゃないか。

と簡単には言えない。

亡くなった栄太郎君は亡くなったまま、それも事実だ。

さらに、だ。棚岡佑真の運転によって亡くなった人もいる。やはり、何があろうと生き返らない。

「まったく」陣内さんは首をぐるりと回すと、大きく息を吐き出した。「面倒臭いよな」

これぱかりはその言葉を非難する気にはなれず、「ですね」と僕は同意する。

「もっと分かりやすくならないもんかね。正義は勝つ。悪は負ける。そのほうが受けるのにな」

「受けたいわけじゃないんですよ」

陣内さんがゆっくりと歩きはじめたのに、僕は続いた。途中で、首賭けイチョウを振り返った。移植は無理だと言われていたイチョウがこうして立派に、何千年も前からの主のような堂々とした姿を見せている。首を賭けても！　と啖呵を切った男を想像する。
こういうことだってある。
そのイチョウはそう言いながら、立っているかのようだ。

20

チワワを抱く男性は、玄関で会った時には人生の終盤で水分を失っていくような樹木みたいに見えたが、あげてもらった和室で向き合い話をしていると、枝から緑の葉を生やすかのような、若さが滲んでいた。頭髪はほとんどなく、顔に刻まれた皺《しわ》は深い。眼光が鋭い。著名な陶芸家だと言われれば、なるほどそうでしょうね、とうなずきたくなるほどだったが、ハウスメーカーを定年退職して十年、特に何をするでもなく、孫の成長とテレビが楽しみ、という生活を送っているらしく、そう言われれば、なるほどそうでしょうね、と言いたくもなる。

ダイニングテーブルに僕は座り、隣には永瀬さんがいた。足元でパーカーが寝そべっている。この家に来るまで、使命感を背負い、大人しく歩いてきた姿とは打って変わり、自分の家であるかのように寛《くつろ》いでいた。「陣内にはよく、オンオフの差が激しい犬、と笑われる」と永瀬さんは言った。以前は別の盲導犬がいたらしいが今は引退し、優子さんの実家で飼われているらしい。

チワワを抱えた男、この家のあるじにほかならないのだが、彼は自分で置いた湯呑を指差し、「うちのが出かけていて、こんなのしか出せないけど、飲んでね」と言った。「ええと、君はお茶出さなくていいんだっけか」と永瀬さんに訊ねる。

「大丈夫です」永瀬さんは、かけていたペットボトルホルダーを持ち上げた。部屋の中でもサングラスはかけたままだった。いつも瞼《まぶた》が閉じたままで話し相手に違和感を与えるから、と説明した。まっすぐ座りながらも首を時折、傾《かし》げる。目で相手を捉える僕たちとは異なり、耳をアンテナのように相手のほうへ集中させているのが分かる。物静かで、耳によって僕たちの内面をすべて見透かしているようだ。

「この間は、うちの上司が迷惑をかけたかと思いますが」僕はまず言った。

「え？　上司？」

「うちの陣内が」

「あの男、あなたの上司なのか」

もともと、永瀬さんに事故現場を訪れさせたのが陣内さんだ。「犬を連れている男なら、犬を連れている男と親しくなれるはずだ」という短絡的な発想からだったらしいが、それもあながち間違っていなかったのか、永瀬さんはあの現場で、この、チワワを連れた男性と話を交わすことができたらしく、さらには男が盲導犬に興味があったことも手伝い、話が弾んだのだという。それがこの男性、事故の目撃者だった。

「はじめは、詐欺《さぎ》かと思ったよ」と男は笑う。盲導犬を連れた永瀬さんと楽しくしていたら、急に、「その友達だ」と名乗る男、すなわち陣内さんが入ってきたからだ。

「喋ってみれば、少し変わった面白い男だったからな」

「あの人はどこで何をしようと迷惑をかけちゃう人物なので」

「確かに、礼儀正しいとは言い難かったが」彼は言いながらも、愉快気に歯を見せた。「それで、こうしてまたやってきたのは、この間の話のことだろ。うちの犬が迷惑をかけたことについて」

「僕が、あの事故のことを調べる担当なので、直接その話を伺いたかったんですが」

別に、あなたを責めるために来たのではないことを暗に伝えたかった。

実際、こうしてまた話を聞きにくる必要があったのかどうか、自分でも分からない。相手も嫌だろうし、僕にとって得られるものがどれほどあるのかはっきりしない。

目の前の彼は、警察に罪を告白せねばならぬような神妙さを浮かべていた。「言い訳がましいけど、あの時、急に風が強くなったんだ」と彼は言った。その途端、室内に風が吹き込み、もちろんそれは僕がそう感じただけだが、目に見えぬ砂埃を舞い上がらせる。「砂が飛んできたのか、目に入って」とダイニングテーブルの向かい側で、瞼を軽く閉じ、片手を目にやった。「それで、ほら」

「ええ」

「散歩の綱を放しちゃったんだよ」その時の場面を再現するかのように、チワワがぴょんと飛び降り、キッチンのほうに歩いて行ってしまう。彼は自分の、綱を手放した側の手を開いたり閉じたりした。はっとし、目をこすりながらチワワを探したが、その時には車が歩道に突っ込んできていたという。

「何が起きたのか分からなかったんだよな」彼は溜め息をつく。首を左右に振りながら、「車が突っ込んできたのはもちろん分かったが、人が撥ねられたのは見えなかった。嘘ではないんだ」と肩をすくめた。

事故の音に驚いたのかチワワは、綱を垂らしながら飼い主の彼のところに戻ってきた。慌てて抱え上げ、茫然としていると車のほうから少年が歩いてきた。

「その彼が、ここにいると面倒だから立ち去ったほうがいいですよ、と言うから俺も焦って、そこを離れたんだ。これも言い訳なんだが、その日はすぐに病院に行く予定もあってさ」まさか人が死んでいるとは思わなかった、と彼は顔をしかめ、「いや、怖かったんだよな」と正直に話した。「もし、うちの犬のせいであれが起きたんだとしたら、どうなっちまうのか。考えたら怖くて」

「犬の飛び出しとその人身事故がどの程度、関係しているのかは分かりません」

「だけどうちの犬が飛び出さなかったら、あれは起きなかったかもしれない」

チワワが戻ってきて、また彼のお腹のところにしゃがんだ。

「起きたかもしれないです」

「あの時、俺に、立ち去ったほうがいい、と声をかけてきた彼が、その運転していた子、事故った子だったんだろ」十九歳の少年のことを、「運転手」ではなく、「運転していた子」と呼んだ。彼からすれば、まだあどけない子供にしか思えないのだろう。テレビのニュースで、未成年の無免許無謀運転による死亡事故として大きく取り上げられたことで、彼はさらに恐ろしくなってしまったらしかった。本当のことは言い出せなくなった。

僕が彼でもそうだろう。「実はうちの犬がきっかけになったのかも」と名乗り出たら、みなの怒りの矛先《ほこさき》がすべてこちらに向いてくるのではないか。もしくは、悪い少年を庇うつもりなのか、と白眼視されるのではないか。被害者遺族の怒りをぶつけられ、金銭的な賠償責任も発生するのではないか。いくらでも想像できる。

「一方で、遅かれ早かれ、分かるだろうとも思っていたんだ」彼はそこでいったん息を吐く。「警察で調べれば、うちのチワワが原因かどうか。もし、関係あるならあの子が話すだろうと」

だが、棚岡佑真は話さなかった。先日、鑑別所で会った棚岡佑真の反応からすると、あえて言わなかったのだろうとは想像できる。

理由はいくつか考えられる。

彼の動機は復讐だった。ただの事故ではない。

犬のせいにするのはお門違いだと自覚していたのかもしれない。

もしくは犬のことを話したところで、「犬のせいにするとは！」と、却《かえ》って印象を悪くすると危惧《きぐ》したのか。

そうじゃなければ、と僕が思ったところ、隣の永瀬さんが、「もしかするとその彼は、悪者は自分だけでいいと思ったんじゃないかな。犬と飼い主に迷惑はかけたくないと」と言った。

自分の頭の中を覗かれたような気がして、さっと手を翳《かざ》したくなる。

「俺のことを庇ってくれたってわけか」戻ってきたチワワを抱いた後で、男が言う。

「俺とこいつを」

「もちろん悪いのは彼ですから、庇ったという言い方は正しくないです」そこは強調した。まったくの無実の人間が罪を被ったのとはわけが違う。

永瀬さんが天井を見上げるように、顔を動かした。僕も同じ方向に目をやると、男とチワワもやはり天井を見やった。何があるわけでもない。

少し沈黙の間が訪れた。チワワもパーカーも寝息を立てるかのようで、男が湯呑の茶を飲み、永瀬さんがペットボトルに口をつける。静かではあったが、気まずさはなかった。少しして、「事故を起こした子ってのは」と男が言った。「今、どんな様子なんだ」

「詳しい話はあまりしてくれないんです」取り繕う必要もなかった。「なので、その日の状況を伺えればと思って、来たんですが」

「その日の状況か」男性は口を一文字に結ぶ。自らの陶芸作品をじっと見つめるかのような真剣な面持ちの後、「俺にも分からないんだよな」と肩を落とした。「あっ、と思った時には事故が起きていて。たぶん、あの子もそうだったんだろう」

「ああ」

「事故を起こしたあの子も何が起きたのか分かっていなかったんじゃないか」

「可能性としては」

「もし、チワワが飛び出したせいだと分かったら、あの子の立場、変わるのかい」

「立場、と言いますと」

「罪が軽くなるんじゃないか？　それだったら俺がちゃんと話さないと」

「いえ」僕はすぐに答えた。「少年事件の場合は、大人の事件と違って、罰するのではなく、更生が目的なので」

「ああ、更生」聞いたことがある言葉だな、という具合に男は言う。

「非行動を取っていたこと自体が問題なので、犬が飛び出しても飛び出さなくても、問題になるポイントはあまり変わらないかもしれません」

「どういう意味だ」

「たとえば、小さな犬が飛び出してきても、普通だったら、そんなに大事故にはならないと思いませんか」自分が運転席にいるのを想像してみる。早朝の空いている道を、ぼんやりと走っていたところ、横からチワワが飛び出してくる。反射的に動くのは右足だ。ブレーキを思い切り踏み込み、車体がつんのめる。それだけのことだ。

「だけど彼は慌てて、ブレーキを踏まずに、ハンドルを回しちゃったんですよ。ブレーキと間違えて、アクセルを踏んだ可能性も高くて」

「何でまたそんなことを」

無免許の自己流だったからだ。拝借した車を乗り回し、運転に慣れてはいただろうが咄嗟の出来事で体がどう動くべきなのかが分かっていなかったのに違いない。

以前、担当した別の少年は、やはり無免許で車を運転することがあったが、基本的な技術は家庭用ゲーム機のレースゲームの操作、もしくは映画のカーチェイスシーンからの影響が大きかった。

「ゲームでは、基本的にレース中にブレーキを踏むことはほとんどないですし、映画でもだいたい、くるくるハンドルを回していますから、咄嗟にそういう動きをしちゃったんじゃないですかね」

「つまり、チワワが出てきても普通の人が運転していたなら」永瀬さんが言う。

「あんな事故にならなかったと思います」

チワワがむくっと体を起こし、その大きな目を光らせた。じゃあ、僕の責任はそれほどないわけですね、とほっとしたかのようでもあった。

「だからそもそも、無免許で運転するような生活だったことが問題なんです。僕たちの調査はそういう面を重視するので、もちろん犬が飛び出してきたかどうかもまったくの無関係とは言わないですけど」僕は、チワワの反応が気になり一瞥《いちべつ》せずにはいられないが、彼はもう興味を失ったのか目を閉じている。「大きな影響はありません」

正確に言うならば、この事件は原則検送事件となるのだが、そのことは説明しなかった。

「でも、その彼はどうして、早朝に車を走らせていたんだろう」永瀬さんが言った。

実は、復讐を目論《もくろ》んでいたんです。十年前の恨みを晴らすために別の人を撥ねるつもりだったんです。とは言えない。そのことは永瀬さんも知らないはずだ。

「やっぱり無免許だったから、車通りが少ない時間に走りたかったのかね」

「かもしれません」僕は嘘をついた。「夜によく、乗っていたようなので」

彼の伯父、棚岡清の顔が思い浮かんだ。「佑真のこと何も知らなかったんですよね」と洩らした顔は寂しげだった。大学教授としての仕事で研究室にこもっている時に、まさか棚岡佑真が家から出て深夜の無免許運転に勤しんでいたとは思いもしなかっただろう。監督不行き届き、と言ってしまえばそうなるが、疑ってもいないことを気にかけるのは難しい。

「あの子、不良少年、というようでもなかったけどなあ」チワワを撫でながら男が言う。

「人は見かけによらないですよ」永瀬さんが微笑む。

「むしろ目の見えない君のほうが、見かけに騙されないのかもな」

「最近はぎすぎすしているのか、電車の中でもごく普通の人たちが言い争いしていますからね」僕は言う。通勤電車の中で、いい歳をした大人が小さなことのために口論しているのを、一度ならず目撃したことがある。

「盲導犬連れて、歩いていると迷惑がられたりしないか？」男が訊ねる。

「いろんな人がいますね」永瀬さんはふっと息を漏らした。「でも、盲導犬に対してはみんな理解してくれることが多いですよ。時々、文句を言う人やパーカーに悪戯する人もいますが」

「ひどいですね」

「犬が苦手な人もいるから。ああ、でも前に」そう言って永瀬さんは、電車内で座っていた時に、「犬なんて乗せるな」と怒ってきた男性がいた話をしてくれた。「声と足の動かし方から、年上の男だとは分かったけれど」

犬の匂いがひどいし毛が落ちる、と言った。永瀬さんはそこでシートから立ち、申し訳ないです、次から気を付けます、と謝った。

「ほら、こんなに毛だらけじゃねえか」

自分の視力がないのをいいことに嘘をついているのだとはすぐに分かった。

落ちていないですよ、と永瀬さんは言おうとしたがそれより先に別の声が、「落ちていないですよ」と割り込んできた。女性の、やはり年嵩《としかさ》の乗客だった。

「あなたねえ、いつの時代に生きてるの？　盲導犬は普通の犬と違って、電車にも乗れるし店にも入れる、って常識じゃないの。毛なんて落ちていないでしょ」

「あんた何なの？　関係ないだろうが」

「盲導犬より、あなたみたいな人のほうがよっぽど雰囲気悪くするじゃないの」

「何だと」「何だったらここで多数決取りましょうよ。犬とあなたのどっちが迷惑か」「多数決って小学生じゃねんだぞ」「あなた、国会議員がどうやって選ばれてるのか知らないの？」

これは面倒なことになった、と永瀬さんは内心、頭を抱えた。盲導犬を地下鉄に入れると、中年の男女間で争いが起きます、と世の法則に加えるべきだと思った。

「とにかく、僕は次の駅で降りますので。お二人とも落ち着いてください」

「何言ってるのよ、あなたが降りる必要はないんだから。降りるべきはこの人ですよ」

そこで僕はいよいよ、降りたい駅でも降りられなくなった。と永瀬さんは笑う。悪気はないだろうから否定することもできなくてね。

しかも男が、「まったく目が見えないくせに」と捨て台詞を言うと、女が、「あなただって、髪の毛ないくせに」と言い、子供の喧嘩、もしくは低レベルのプロレスさながらにつかみ合いがはじまった。

「まあまあ、落ち着いてください」と永瀬さんは必死に宥め、別の乗客が慌てて、仲介にやってきた。

列車が駅に停まり、永瀬さんは周囲に謝罪をしながら、パーカーと共に降りた。

「扉が閉じる直前に、男が降りてきたのは分かった」永瀬さんは、僕たちにそう説明した。「腹の虫がおさまらなかったんだろうね。降りてきて」

「もしや、腹いせに何かしてきたのか」そいつは許せないな、と言う男に抱えられたチワワが、くわっと目を見開く。チワワ自身の思惑は分からぬが、迫力よりも愛らしさが勝っていた。

「後ろから近づいてくるのは分かりました。階段で押されたりすると危ないので、エレベーターのところに向かったんですよね。そうしたら、ついてきて」

「そんなに分かるんですか」

「歩く音で、だいたい。しかも、その人の場合はぶつぶつ明らかに、罵るような独り《ひと》言《ごと》を呟いていたから、分かりやすかった」

「そういう奴は、犬に危害を加えそうだな」

永瀬さんはうなずく。過去にも経験したことがあるようだった。僕は嫌な気持ちになり、顔をしかめた。すると僕が顔をしかめたことを、永瀬さんは察知したのだろうか、「ある程度は仕方がないんだよ」と言ってくる。納得しているわけではないけれど、万事すべてが問題なし、とはいかないものだ、と。

「で、どうなったんだ」

エレベーターの到着を待つ永瀬さんは背後に男が立ち止まったのを見計らい、振り返った。「まだ用事がありました？」と訊ねた。

気づかれていたとは思いもしなかったのか、男は狼狽した。それから、「あんた、見えるのかよ」とそのことを不満そうに言った。騙していたな、と。

「見えないです。ただ、目が見えない分、違ったやり方で、把握しているだけで」

僕の喋り方が落ち着いていたのが余計に腹立たしかったのかもしれない、と永瀬さんは反省を口にする。陣内にもよく言われるんだ、怒っている相手には怯えてみせるか、もしくは相手が怯えるくらいに怒ってみせるか、どちらかじゃないと余計に相手を怒らせる、と。

男が興奮しているのは明らかだ。

「すみません、先に言っておくんですけど」永瀬さんはそこで手を前に出した。エレベーターのワイヤーが動くのが、音と振動で分かる。「目が見えないので」

「だから何なんだよ」

「手加減ができないんです」「手加減？」「人に手を出されると体が勝手に動いて、反撃するかもしれません」

はあ？　と男は呆れたが、その話を聞いている僕も、「そうなんですか？」と確認してしまう。

永瀬さんは苦笑し、「大嘘だよ」と肩をすくめる。身振り手振りは相手の反応を見ることで自然と覚えていくものだと僕は思っていたが、永瀬さんはそれをどう身に付けたのか、と気になった。「ただ、合気道は習っているから、つかまれれば、それなりに返せる」合気道をやる視覚障碍者は多いのだ、と彼は続けた。「僕の場合は、陣内が、技を習っておけ習っておけ、とうるさくてやることになったんだけど」

「技を習えってどういうことですか」

「目が見えない僕が、誰かを投げ飛ばしたり、倒したりすれば痛快だ、ってことらしい。『デアデビル』を一緒に観ながら、おまえも、こうなれ、とも言ってきて」

僕はテレビの前で静かに鑑賞する永瀬さんの横で、映画内で起きていることを脚色しながらああだこうだと説明している陣内さんを思い浮かべた。「そういうの、陣内さん、好きそうですもんね。人の先入観を覆したり、油断している人間の意表を突くようなパターン」

「目の見えない僕が武道で相手をやっつければ、陣内は大喜びだ」永瀬さんが笑う。「パーカーにも、唸って、人に襲いかかる訓練をさせたがっていたよ」

盲導犬のネガティブキャンペーンでもやりたいのだろうか。

「それで？」男に合わせてチワワが小首をかしげるものだから、どちらが喋っているのか分からなかった。

地下鉄ホームのエレベーター前で、永瀬さんと向き合った男は、「反撃するかもしれない」と言われ、警戒心を見せたらしかった。とはいえ、そのまま引き下がるのも納得できなかったのか、すっと右腕を伸ばし、永瀬さんの襟首をつかみに来た。

それくらいは避けられるんだ。

永瀬さんは当たり前のように、僕に言った。

「そうなんですか？」

「人は体を素早く動かす時には、息を吸って、止めるし、体を捻《ひね》るのに音も出す。僕たちは視覚がないから、音や振動、地面の勾配にはいつも気を配っている。何より、相手が物騒な場合は、とりわけ神経を尖らせている」そう話す永瀬さんには、尖ったところがまるでなかった。

男が出した右腕を、永瀬さんは、体を斜めに傾ける恰好で避けた。

その後、むきになってつかみにくるのも、パターンだからね。

永瀬さんは話す。

実際、その時の男は鼻息を荒くし、避けた永瀬さんのほうに一歩踏み出したらしいのだが、横に回るような動きでまたしても躱《かわ》した。

「やめましょうよ」と永瀬さんは言った。実際にはそれ以上、本気でぶつかってこられたらさすがに抵抗できなかったようだが、男も気勢を削《そ》がれたのか、盲目男性の身のこなしに警戒心を抱いたのか、ためらいを浮かべた。そして、別の人間が近づいてくるタイミングで、立ち去ったのだという。

「あんたもずいぶん無茶だねえ」とチワワを撫でた男は笑った。心配しつつも喜んでいる。「いやあ、盲導犬に文句言ってくる奴はやっぱりいるもんなんだな」

「ええ、もちろん」永瀬さんの言い方は、被害者然としたものではなく、つまり世間の冷たさを嘆くのではなく、自分が加害者であるかのような気色もあった。「それは、電車に犬が乗ってくれれば、むっとする人もいます」

「そういう輩は鬱憤を晴らしたいだけじゃないのか。自分より相手が弱そうだから、攻撃して、すっきりしたいだけなんだ」

「確かにそれもあるかもしれない」永瀬さんは自身に言うようだった。「熊とか連れてればいいんでしょうけどね」

「熊？」

「盲導犬じゃなくて、盲導ヒグマとか」永瀬さんは、熊の剝製《はくせい》を触ったことがあるらしく、どのような動物なのかは分かるのだという。「あんなのを連れていたら、舐められないよね」と笑った。

21

若林青年に待ち伏せされたのは、その翌々日だった。

朝、いつも通り裁判所に向かって歩いていたところ、「あの、武藤さん、申し訳ないです」と声が聞こえた。振り返れば、短髪の若林青年が立っていた。目つきが悪い、と言っては語弊《ごへい》があるが、睨むような顔つきのために、見知らぬ誰かに因縁をつけられたのかと思ってしまった。

「あの、少し話を聞いてくれませんか」

「話？　陣内さんに？」

「いえ、武藤さんに」

僕は腕時計を確認する。

「あ、今じゃなくて大丈夫です。空いている時間があれば。これ、携帯のメールなので連絡ください。電話でも大丈夫です」

そう言って、ノートを千切ったと思しき紙を渡してきた。ああ、うん、と曖昧な返事をしているうちに彼は、いそいそと立ち去り、僕は手に残った紙を見下ろす。数字と小文字のアルファベットが並んでいる。綺麗な字とは言い難かったが、丁寧に書かれており、見間違えてしまうと危惧したのか、矢印をつけ、「oじゃなくてdです」と注意書きもあり、そこには、「連絡が来ますように」と彼が必死に祈る姿が滲んでいるように感じた。

職場に行くと陣内さんがいたため、若林青年に声をかけられたことを話した。隠す必要があるとも感じなかったが、陣内さんはさほど気にかけた様子を見せず、「いいじゃねえか。ゆっくり話してこいよ」と言う。

「何の話ですかね」

「いい映画を観た後ってのは、一緒にその良さを語り合いたくなるじゃねえか」

「どういう意味ですか」

「陣内さんって本当に素晴らしい人ですよね、と感想を言い合いたいんだろ」

「駄作映画の時も語り合いたくなりますけど」

陣内さんはこちらの皮肉は、通り過ぎた蚊のように無視をする。「武藤、あのチワワに会いに行ったのか？」

「チワワというか、飼い主の家には。永瀬さんも同行してくれて」

「まったく、おんぶにだっこだな」

「もともとは陣内さんが、永瀬さんに頼んだんですよね？　目撃者が犬を連れてるから、犬を連れた永瀬さんを行かせて。というより、どうして、あの事故現場を気にかけたんですか？　チワワが飛び出したのを予想したわけじゃないですよね」

「予想していたんだよ。この事件は、チワワが関係しているな、と」陣内さんは顔を少し反《そ》らし、僕を見下ろすような角度で視線を寄越した。

「怪しい予言者みたいですよ」

「怪しくない予言者ってのは誰だよ。予言者ってのはだいたい怪しいんだよ。親しまれる予言者がいるなら」陣内さんはどうでもいい屁理屈を口にしたが、自分でも面倒臭くなったのだろう、「まあ、実際は、棚ボタ君があの十年前の小学生だと分かった時から、少し気になったんだよ」と言った。「交通事故で友達を亡くした奴が、無免許で事故を起こすってのは何かあるだろ」

「何かって、何ですか」

「目的だとか事情だとか、そういうのだよ。はじめ俺は、事故を起こしたのはあいつじゃなくて別の奴じゃないかと疑ったんだ。どうしたって信じられないだろ。だから、目撃者を捜した。まあ、結果的には俺の予想は外れたわけだ。事故を起こしたのは、棚ボタ君だったんだからな」

「若林さんって、どういう人ですか」

「どういうって何だよ。おまえも会ったじゃねえか。目つきが悪くて、あまり喋らないけれど、真面目で」

「当時ですよ。家庭環境とか」

「直接、訊けよ。会うんだろ」

「でも彼の起こした事故の話になったら、申し訳ないじゃないですか」

「何でだよ」

「だって、思い出させることに」

「思い出させるも何も、忘れるわけないだろうが」陣内さんはむくれた顔つきだった。「あいつは被害者じゃなくて、加害者だぞ。忘れちゃ駄目だろうし、あいつは忘れてねえよ」

悔しいが、陣内さんの言う通りだ。

昼休みに入ったところで、棚岡佑真の付添人から電話があった。

「情報交換がしたい」と言ってくる。本人から話を聞き出せずに困っているのだろうかと思っていると、「武藤さんたちには何か喋ったと、彼が言っていたので」と話してくる。

何か喋った。とはどのことか。彼が復讐のために、故意で人を撥ねようとした結果、別の人を撥ねてしまったことか。もしくは、チワワの飛び出しの件か。どちらにせよ、電話で話すのには繊細で、難しい話なのは確かだ。

「明日にでも会って、話ができませんか」と言われた。もちろん断る理由はない。

電話を切った後、僕の頭には棚岡佑真のむくれ顔が浮かび、しばらく離れなくなった。反発の滲む表情には、あどけなさもあった。何より不安そうだった。

そりゃそうだよ、と僕は言いたくなる。僕だって、他の大人だって、彼が今後どうなるのかは分からない。裁判官だってそうだろう。彼本人が怯えるのは恥ずかしいことではない。

ふと十年前、栄太郎君が毎週楽しみにしていた連載漫画、棚岡佑真や田村守がその栄太郎君のために最後まで完結させたかったその漫画のことが気にかかった。

ネット検索してもそれほど多くの情報は出ていなかった。突然打ち切りになった作品として、冷やかし半分に紹介されている程度だ。作者はすでに漫画の仕事をしていないようだった。

何もかもが過去のものとなり、栄太郎君を置いてみなが消えていくようなもの寂しさを感じずにはいられない。

時間は否応《いやおう》なく進んでいく。僕たちは年を取り、やがて死ななくてはならない。僕も僕の家族も、陣内さんも、誰もかれもだ。そう思ったら、あまりに心細くなり、目の前が暗くなり、頭の中が黒々とした闇となる。体の芯《しん》が寒々しく震えるため、僕はあたまを振り、身体を揺すった。


翌日の夜、僕は若林青年と枝豆料理専門店で向き合っている。

「この間、チラシをもらって、来てみたかったんだ」僕は説明した。嘘ではなかった。先日、チワワの飼い主宅へ向かい永瀬さんと歩いている際に、「枝豆と大豆って同じだと知ってましたか？」と若者がチラシを配っていたのだ。「収穫時期が違うんだよね」と言いながら永瀬さんが受け取ったため、ビラ配りの男も嬉しそうに、「その通りです！」と声を弾ませた。

薄い緑色を基調とした店内は、明るい上に清潔感があり、テーブル同士もくっつきすぎていないからか、居心地が良かった。

枝豆のスープや枝豆サラダなどを食べながら、さすがにビールには枝豆は入っていないですね、と若林青年は呟いた。

話を聞いてくれ、と言ってきたのは彼のほうであるから、僕が話題を考える必要はないように思えたが、無言の間により催促するのも心苦しくて、「陣内さんって、当時と変わらない？」と訊ねた。「十年前と」

「え」彼は背筋を伸ばし、「ああ、そうですね」と目を細めた。笑っているようにも、引き攣っているようにも見える。「はじめは、すごく怖かったです。怒っているみたいな喋り方だし、いつも面倒臭そうで」

「だけど、慣れたの？」

「慣れたというか、あの人、誰に対してもああなので」

「確かに」と僕もうなずく。

「それが分かったら、少し信用できたというか」

「信用するのは危険だけれど」

「うちの父親は、会社の上司には頭が上がらないくせに、弱い人には威張るタイプだったんですよ。相手によって態度が変わる人でした。家で酒を飲んでは、俺に暴力を振るうし。そういう裏表がある人に比べたら、陣内さんのほうがよっぽど付き合いやすいというか」若林青年は、一人称で、「俺」を使うため、そう口にする時だけは不良少年だった彼の過去がすっと前景に出てくるかのように感じた。

「ああ、うん。なるほど」

「あの頃、陣内さん、うちの父親と一緒に面会に来たことがあるんです。鑑別所に。そこで、すごい怒ったんですよ」

「誰に？」

「俺の父親にです。『おまえが子供相手に弱いもの苛めをしているから、巡り巡って、取り返しのつかない事故が起きたんだよ。おかげで調査官の俺に負担が来てる』と言いはじめて」さすがに十年が経っているからか、若林青年は過去の思い出を、苦笑交じりに眺めるような余裕があった。「父親も当然、怒り出して。おまえに何が分かるんだ、その口の利き方は何だ、ってつかみかかって。陣内さんと取っ組み合いになったんです。面会室で、面会に来たほうが暴れて連れ出されるなんて、馬鹿みたいでした」

「よく問題にならなかった」公務員であるところの家裁調査官がそのような暴言を吐き、面会中に少年の保護者とつかみ合いになったのだとしたら、ニュースに取り上げられ、さんざん批判されてもおかしくない。「それきり？」

「まだ続きあるんです」

「続いちゃったんだ」

「無茶苦茶でした」その言葉とは裏腹に、若林青年は愉快気に言った。

「無茶苦茶ってどういう」もはや怖いもの見たさの心境だ。

「うちの父親、さっきも言ったように会社では立場弱いくせに、家では威張っていたんです。会社でへこへこ、息子のことはぼこぼこ。とにかくその会社、体育会系というか。忘年会で歌わされたり、踊らされたり」

「前に言ってたね」

「仕事と関係ないことでも人格否定するような言葉をぶつけてくるみたいだったんですよね。そういうのをうちの父親、陣内さんにぽろっと漏らしたのかもしれないです。俺は鑑別所にいたからよく分からないですけど」

「陣内さん、何やったの」恐る恐る訊ねる。

おまえが子供に八つ当たりするから、面倒臭い事件が起きるんだよ。でもって、おまえが八つ当たりしたくなるのはその会社の上司が横暴だからだろ。まったく腹が立つよな、俺の苦労も知らないで。

陣内さんは、若林青年の父親にそう言ったらしかった。

「で、忘年会に来たんですよ」

「どの忘年会？」

「父親の会社の」「関係ないよね」「ないですね」「お父さんが招待したわけではないよね」「ないですね」

彼が言ったところで、僕ははっと思い出す。「『パワー・トゥ・ザ・ピープル』？」

「あ、知ってるんですか」

「陣内さんとその友達が」永瀬さんと優子さんのことを頭に浮かべた。「演奏したという話を聞いたから」

「たぶん、それです」

「何と」

「急に馬鹿でかい音で演奏はじめて、二分くらいで店の人が、慌てて止めに来たらしいですけど」

「何がしたかったんだろ」

「替え歌で」「替え歌?」

「パワー・トゥ・ザ・上司、って」若林青年は、言いたくもない駄洒落を無理やり言わされているかのような顔つきで、悲壮感を漂わせた。

「上司に力を?」

「最初はどうやら原曲通りだったらしいですよ。ギターも恰好良くて。ただ、そのうち日本語の替え歌に。その頃はまだ、パワハラって言葉、そんなに浸透していなかったと思うんですけど、ようするにそれを茶化していたんですかね」

上司に力を! 上司に権力を! 皮肉なのか、抗議行動なのか分からぬが、僕は溜め息をつきたくなる。もともとこの曲には、自分の力で立ち上がるべきだと労働者を鼓舞する意味合いがあった、と聞いたことがあるが、それならばあながち、ずれた選曲ではなかったのかもしれない。と思いかけ、かぶりを振りたくなる。「替え歌なんて、白けちゃいそうだけど」

「でも、それが」若林青年は肩をすくめる。「良かったみたいですよ」

「え」

「俺、父親とはあまり交流がなかったし、あの人、結局、俺の事故のせいで会社も辞めることになったし、ずっと疎遠だったけど。ただ、いつだったかな、俺が少年院にいて、面会に来た時、言ってたんですよ。忘年会が大変だった、って。その後も、酔っ払うとよく、その忘年会のことを話してました」あの忘年会はひどかった。馬鹿みたいだった。くだらない替え歌だぞ。でも、歌は良かった。そう言う時だけ、表情を緩《ゆる》めたらしかった。ああそうだな、声は良かった。それは認めよう、と。「そっくりらしいですね。陣内さんの歌う声」

「そっくりって原曲と？」

「ええ。迫力があって、だから、白けなかったみたいです。『おまえたちに力を』と叫びながら指差された上司たちは、怒ったんでしょうが」

「はあ」陣内さんのギターなら聴いたことはあったが、歌っているところは知らないことに気づいた。「ちなみに、そのドラムを叩いている人は、目が見えないんだ」

「どういうことですか？」

「いや、何でもない」永瀬さんがドラムを叩き、陣内さんが歌う、『パワー・トゥ・ザ・ピープル』の演奏を観てみたかったとは思った。

皮を剝かれた枝豆にチーズがかけられたものが大皿で届く。専用の爪楊枝は、先が五股に分かれており、豆を一度に五つ突き刺すことができ、口に放れば、それなりに食べごたえがあった。

「武藤さん、俺、どうすればいいんですかね」若林青年が言ってきたのは、アルコールで赤くなった顔が少し落ち着いた頃だ。

「どうすれば？」

「あの時の小学生が、車、飛ばして、事故を起こしたんですよね。誰か、死んだんですよね、きっと」

「今はもう、小学生じゃないけれど」棚岡佑真の顔が頭を過る。

「その事故のこと、俺、少し調べたんですよ。ニュースとか検索して」

「ああ、うん」

「思ったんですけれど、あれは、俺を撥ねたかったんじゃないですか？」若林青年は弱々しく笑ったが、こめかみと目の周りを引き攣らせていた。覚悟しつつも、肯定されることを恐れているのかもしれない。

どう答えるべきか、悩んでいたのはそれほど長い時間ではなかったはずだが、彼はその僕の短い沈黙を肯定と取ったのか、溜め息をついた。

「俺のせいでまた」

—今回のことは君は悪くない」そのことはすぐに言えた。

「だって、もともと俺が事故を起こしたから。それがなければ、今回の事故もなかったんですよ」

「そうとは言い切れないよ」

僕の言葉はもちろん彼を楽にしない。

彼の起こした事故は、十年経っても消えることがなく、姿が見えない時もどこか、視界の外に潜んでいる。水中の潜水艦の如く、そしてことあるたびに、急浮上し、若林青年に襲い掛かるのだ。

「どうすればいいんですか。武藤さん、俺」

「気にしなくていい、と言うのも無責任だけれど、君が悩むことではないんだ」

「その彼は、俺に復讐したかったんですよね。それなら、俺が犠牲になれば良かったんですよ」

「落ち着いて」

「落ち着いています」

その通りだ。若林青年の様子は感情的な興奮から遠かった。

「武藤さん、あの、今度、その彼に面接に行くことがあったら」

「まだ分からないけれど」

「俺にどうしてほしいのか、訊いてくれませんか」

「え」

「許してほしいというわけじゃないです。ただ」

「ただ？」

「俺は自分の起こした事故のことを、全然、埋め合わせできていないから、何もしないのは苦しいです」

法に則って処分を受けた後は、罪は償われたことになる。埋め合わせはそれで済むのだ。そう言って聞かせることはできたが、僕には躊躇われた。若林青年自身もそのような法的な原則は百も承知のはずだ。それでは納得できないから、こうして僕に絡んでいる。

「でも一方で、だからこそ、とも思うんです」

「だからこそ？」

「埋め合わせができなくて苦しいのなら、埋め合わせちゃいけないんじゃないか、って。それが罰なんですよね。楽になるようなことはしちゃいけない。苦しい状態でいなくちゃいけないって。だけど、俺、やっぱりつらいです」

「こう言っては何だけれど、彼も今度は君と同じ立場になった。事故を起こして、人の命を奪ったんだ」何が言いたい台詞なのか、僕自身も分からなかった。

お互い様だよ、で済む話ではない。が、目の前の若林青年が全ての責任を引き受ける必要がないのも確かだ。車で相手を撥ねようとした棚岡佑真のことを、肯定できない。肯定してあげたい気持ちもあるが、やっぱりできない。現にその巻き添えで一人亡くなっている。

「十年前、俺が事故さえ起こさなければ」目の前の若林青年の体を鎖が縛り付けているかのようだ。がんじがらめで、身動きが取れない。肌が青白く、透けていくかのようだ。

向き合う彼の体が、急に遠くに感じられる。身がどんどんと細り、彼は、ろうそくの芯のようになった自らの体に火を点《つ》け、燃えていく。そう思えた。

武藤さん、俺、生きていていいんですかね。

若林青年が半べそをかくように言ってきた。それは言うまでもなく愚問で、答えは考えるまでもなく一つしかなく、「いいに決まっている」と答える。

「でも」と彼は続けた。「俺は人の、子供の命を奪っちゃいましたし、今度は別の人の。もっと言えば、その運転していた子の人生もむちゃくちゃにしました」

「いや」

「俺がいなければ。いなかったら」

正確に言えば、というよりもこれは正確に言わなくてはならない部分だが、「いなければ」ではない。十年前によそ見をしなかったら、だ。一瞬のミスで、ほんの不注意で彼はまず、自分の人生を失ってしまった。悔いても仕方がないが、もし悔いるとすればそこだ。生まれてこなかったら、ではない。

「武藤さんは、正直なところどう感じているんですか？」顔色が変わらぬものだからあまり分からなかったが、そのあたりで若林青年はかなり酔いが回っていたようだった。内なる指揮者の指揮棒の振りがおかしくなったのか、口調のリズムや抑揚《よくよう》が乱れはじめていた。

「どう、って」

「仕事でいろんな犯罪者に会うんですよね？」

「犯罪者というか、事件を起こした少年には」

「ですよね。そんな奴らいなくなればいいと思わないですか？　人の大事なものを奪った奴を、反省しているからって許していいんですか？　真面目に生きている人を殴った奴は、もっと厳しく罰したほうがいいと、心の中では思っていないんですか？

車で人を撥ねた奴は、同じように撥ねられるべきだと思いませんか？　更生なんてできるんですか？　俺が被害者だったら、絶対許せないですよ」

「もう少し声を抑えようか」僕は手のひらを床に向けて、押し下げる仕草をする。ただ、必死に胸の奥のものを吐き出している彼を、軽くあしらうつもりもない。全力投球の球を投げてきたのだから、と思う。真面目に打席に入らなくては。「正直なことを言えばね」

「はい」

「僕もいろんな思いを抱えている」

「はい」

「誤解を受けるかもしれないけど、僕が少年事件を担当して、少年のことを調べるのは、それが仕事だからで。毎日の業務、仕事なんだ。ただ、理容師が仕事で髪を切る時も、どうでもいいや、なんて思わないだろうし、パン職人も、適当に作っているわけがない。みんな仕事だけれど、できれば」できれば、の後に続く言葉がうまく見つからない。できれば、相手のためになってほしい、と言ってしまうのはどこか恩着せがましく、少し本心とは、ずれる。できればみなが幸せに、ではあまりに綺麗ごとだ。「事件を起こした少年に対しても、いろんな気持ちになるよ。言いづらいけれど、腹が立つ時だってある。人に大怪我させたくせに、のらりくらりと責任逃れをする若者を見れば、どうしてこっちが被害者じゃなかったんだろう、と思うこともあるし。家庭環境を調べた結果、その加害少年に同情したくなったこともあれば、もっと怒りが湧いたこともある。ただ一方で、そんなひどいことをした奴は問答無用で潰してしまえ、という意見にも、その思いはもちろん僕も理解できるのだけれど、いちがいに納得できないんだ」

わざとやってる人は同情したくないんですよね。

とは木更津安奈がいつだったか洩らしていた言葉だ。身勝手な理屈で人の命を奪う事件のニュースが流れていた時だったのかもしれない。その犯人は成人であったから、僕たちの仕事と直接関係するものではなかったが、彼女も彼女なりに普段抱えているもやもやとした思いが外に、肺から溢れる煙のように、流れ出たのかもしれない。

わざとやる人、自覚的に罪を犯す人もいれば、偶然、自分でも思いもよらぬ理由で、もしくは止むを得ない事情で事件に関わる人もいる。すべてをいっしょくたにできず、さらに言えば、「わざとかどうか」の区別もまた難しい。

ああ、僕も彼と同じ立場であれば、同じことをしたかもしれない。

そう感じることもあれば、たとえ僕が彼と同じ境遇であっても、決してそれはやらなかっただろう。と他の星の人に会ったような気分になる場合もある。

僕は、そういったことをどうにか若林青年に話したかったのだが、もともと曖昧模《も》糊《こ》とした考えである上に、整理して話すこともできないため、結果的に、駄目な教授の要領を得ない講義のようになったのだろう、はっと気づけば若林青年はほとんど眠っていた。

力不足の敗北感を覚えながら、僕は肩をすぼめずにいられない。


「俺を呼び出すことはないだろうに」

陣内さんは不満そうだったが、怒っているわけでもなかった。

店のテーブルで眠りはじめた若林青年をどうしたものか、と悩んだ僕は、陣内さんに電話をかけて、来てもらうことにした。

「だって、彼のことは陣内さんのほうが詳しいじゃないですか。このまま帰すのも心配で」

「詳しくねえよ。巻き込むなって」

僕も巻き込まれています、と言い返したかったが、それもまた無責任に思えた。陣内さんは立ったまま、爪楊枝を使い、皿に残っている枝豆料理を連射的に口にいくつも放り込み、美味いなこれ、とうなずき、それから、「じゃあ運ぶか」と若林青年を揺り動かす。おい起きろ、起きろ、寝ると死ぬぞ、と耳元で囁《ささや》いた。少ししてぼんやりと顔を動かした若林青年は、瞼を半分開くような形で、「あ、陣内さん、どうしたんですか」と言ったかと思うと、また目を閉じてしまった。

陣内さんは舌打ちをし、「何だよそのダイイングメッセージは」と苦笑いをする。

「武藤、会計しておけよ。連れて行くしかねえな」

はい、と立ったところで、「どこに連れて行きますか」と訊ねた。

22

永瀬さんたちは寛容だった。突然、来客が二人増えたことにも、しかもそのうちの一人、若林青年にいたっては初対面で無関係かつ半分眠っていたのだが、それでも不愉快さを見せなかった。

テーブルには缶ビールがいくつかとウーロン茶、スナック菓子が並んでいる。まるで学生時代のアパートで友人同士が集まっているかのような、お手軽な、もっといえば安っぽい、ぽいどころか実際に安上がりな、飲み会の場だった。

「もともと陣内が来ることになっていたからね」と言ってくれる。

「何だか申し訳ないです」と僕が詫びると陣内さんが、「武藤から連絡が来て、店に行ってやったんだぞ」と恩着せがましいことを言った。「地下鉄で永瀬んちに向かっていたところだったってのに、いいか、わざわざ地下鉄を降りてだな」

「はい、分かってます。ありがとうございます。陣内さんが来てくれて助かりました」僕は素直に礼の言葉を発した。実際、一人だったら、若林青年をどうしたらいいか、途方に暮れていたかもしれない。

「だろ」

「大勢いたほうがいいよ、今日は」優子さんはすでにビールを飲んでいるらしく、少し顔を赤くし、笑った。「毎年三人で集まっても、話題は同じだし」

「思い出話の繰り返し」永瀬さんが肩をすくめるようにする。「さすがに飽きるからね」

「陣内さんが思い出話をするのって、意外ですね」僕はテーブルの上のお菓子に手を出す。空腹でもないのに手持無沙汰《ぶさた》で、お菓子を食べるのは人間の欠陥の一つではないか。

「そうか？」

「何となく」確固たる根拠はなかったが、陣内さんは過去を振り返る発言が少ないように感じた。別の言い方をすれば、忘れっぽい、であるとか、責任を取らない、であるとか、片づけない、であるとかそう表現することもできる。「とはいえ未来の野望とかも語らないですけど」

「今の俺が、今、一番本当の俺だからな」

「少なくとも将来に備えて、貯金もしていないのは間違いない」永瀬さんが笑う。

「してるっての」陣内さんがムキになった。

「結婚もしない」

「優子さん、陣内さんって何なんですか」僕はこの機会に長年の疑問をぶつけてしまおうと身を乗り出すことにした。さほど酔いは回っていないが、酔いに任せての気持ちだった。「恋人とかいないんですかね？　男と付き合っているという噂もありますけど」

「そんな噂あるのかよ」陣内さんが驚いた顔で、僕に顔を向けてきた。

「ええ」噂と呼べるものはなく、単に、木更津安奈が言っていた程度だが、嘘をつく。

「別に、男同士でも女同士でもいいとは思うが、俺はそういうのではない」陣内さんは淡々としている。

「武藤君、陣内君は結構もてるんだよ、これが」優子さんが言った。

「そうだね、陣内はもてる」

「うるせえな。俺はな」陣内さんは会話の枝をばっさり伐採するような声を出した。「仕事が恋人なんだよ」

あまりに定型の言葉を陣内さんが口にすることに驚いたが、それ以上に、普段の仕事のやり方を近くで目の当《ま》たりにしている僕としては、いったいどの口がそのようなことを言うのかと呆れた。「仕事が恋人だとするなら」と言わずにいわれない。「扱いがぞんざいすぎますよ。もっと恋人に関心持ってくださいよ」

永瀬さんと優子さんが笑う。それから彼らは、「さっきの話に戻れば、今日は少し特別なんだ」と言った。だから思い出話になる、と。

「特別？」

「毎年、今日は三人で集まるんだけどね。昔の話をする日」

例年の行事ということであるならば、記念日のようなものだろうかと思うが、彼らからは寂しさの影が感じられた。楽しい話ではないのかもしれず、僕は、「そうですか」としか言えなかった。この、大学生じみた安っぽい飲み会の趣向自体が、その昔を偲《しの》ぶ儀式にも思えた。友人の命日とかですか、と言いかけてやめたのは、当たってしまいそうな予感があったからだ。

何か流そうぜ、と陣内さんが言う。永瀬さんが立ち上がり、また例によってスムーズな動きでプレイヤーの操作をはじめる。

流れ出したのは、海面ぎりぎりを滑るように飛ぶ鳥を思わせる軽やかなテンポの演奏だった。外は夜のはずだが、駆けまわるその鳥が室内に日を射し込ませようとしている。サックスが入るとさらに疾走感が増す。痙攣しながら、部屋の中を縦横無尽にあっちへこっちへと行き来するのが見えるようだ。

「これは、この間、聴かせてもらった何とかミンガスさんのやつですか？」

「惜しい」と永瀬さんが言う。「あのライブでも演奏していたピアノとサックスの人の。だけどミンガスはいないんだよね」

「そういえば、武藤君、昔、チャールズ・ミンガスが、ローランド・カークと喧嘩をしたことがあるらしいんだけれど」優子さんが言ってくる。旧知の友人や親戚のトラブルの噂話のようだった。

「ミュージシャンってやっぱり喧嘩するんですね」

「その時、ミンガスは窓のブラインドを閉めさせて、部屋を暗くした上で、自分にも目隠しをしたんだって」

「どういうことですか」

「ローランド・カークは見えないから、そのままで殴るのは卑怯《ひきょう》だと思ったんだろうね」永瀬さんは言った。「だから、目が見えない相手と対等に、自分も目隠しを」

「それ、フェアな人、と言っていいんですか」

「まあ、本当の話かどうか胡散臭いけどな」陣内さんは面倒臭そうに言い、ポテトチップスを齧《かじ》る。「でも、もしそれが本当だとしたら」

「何ですか」

「ミンガスはぼこぼこにやられただろうな」陣内さんは嬉しそうだった。

永瀬さんも歯を見せ、うなずく。「暗闇の中なら、僕たちのほうが圧倒的に有利だ」

延々と走り続けるサックスの音が揺り動かしたのか、若林青年がゆっくりと体を起こしたのはその時だった。重そうな瞼を開きながら、自分の今いる場所を見回す。

「やっと起きたか」陣内さんが乱暴に声をかけた。「まさか目覚める時が来るとはな」

「あ、陣内さん」見知らぬ部屋に戸惑いながら彼は、自分が今、起きているのか寝ているのかどちらなのかと悩んでいるようでもあった。

「まさか起きるとはな」陣内さんは急に芝居がかった様子で、目を見開き、両手を広げながらわなわなと若林青年に近づいて行った。「本当に良かった」

「え、どうかしたんですか」

「五年だよ。おまえ、五年寝たきりだったんだぞ」

どうしてまたそういう子供じみた嘘を、労力を使ってまでつこうとするのか。

「え、五年？」

「そうだよ。もう医者は起きないんじゃないかって言っていたんだ。俺が必死に、おまえは息を吹き返すに違いない、と訴えてだな」

「陣内さん、その辺で」僕が止めたのは、単にくだらない嘘を続ける意味がなかったこともあるが、彼の抱える苦しみを考えると、「このまま目を覚まさないほうが良かった」とさらに後ろ向きな気持ちを助長するようにも感じたからだ。

「さっきの店で、寝ちゃったから、僕一人では運べなくて」

「俺が助けに行ったんだよ。それでとりあえず、この部屋に連れてきた。散らかってるけど、悪いな」

「ここは陣内さんの友人の家で」と言い、僕は永瀬さんたちを紹介するが、もちろん目を覚ましたばかりで、かつアルコールがまだ残っているだろう若林青年は朦朧《もうろう》としており、「あ、はい。あ、すみません」とたどたどしく応えるのが精いっぱいだ。それからゆっくりと起き上がると、「ご迷惑を」「そろそろ」「すみません」と文章にならぬ言葉をぽろぽろ落とした。腰を上げたが、少しよろめく。

「まだ、急がないほうがいいかもよ」優子さんが心配そうに声をかける。

「でも」

「アイスでも食って、落ち着いてから帰ればいいだろうが」陣内さんは言い、指を鳴らすと、「おい永瀬、アイス」と執事に物を頼むかのように、というよりも執事に対してもその偉そうな依頼は不躾《ぶしつけ》だろうにと思うのだが、言った。

「ないよ、アイス」優子さんが答える。

「ないのかよ」

「何で叱《しか》られないといけないんだ」

「本当に申し訳ないです」

「武藤君が謝る必要もないよね」

「まあ、それなら買いに行くしかない。あのスーパー開いてるだろ」

「誰が」

「アイスを食べたいやつに決まってるだろうが。アイスを食べたいやつは手を挙げろ」陣内さんは堂々と言い、みなを見たが、アイスのことを持ち出したのは彼自身なのだから、必然的に、「はい」と陣内さんだけが挙手することになる。「しょうがねえな、よし若林、一緒に来い」

「え」

「おまえな、五年ぶりに目を覚ましたんだから外の世界がどうなっているのか興味ないのかよ」

いつまでその話を続けるつもりなのか。

僕は呆れたが、若林青年がよろめきながら陣内さんについていこうとするため、心配になる。

「僕も行きますよ」と続く。

「永瀬も来ていいぞ」

「あの武藤さん」若林青年が靴を履くところで、振り返った。少しずつ酔いが醒めてきているように見える。

先ほどの店での会計の話だろうか、と予想したが違った。

「五年眠っていたのって嘘ですよね」と恥ずかしそうに訊ねてくる。

23

男四人でわざわざ買いに行く必要があるのかどうかは分からぬが、僕たちは暗い歩道を進み、スーパーマーケットへと向かう。

「まだ店、開いているんですか?」時計を見ればずいぶん遅い時間帯、深夜と言っても良かった。

「ぎりぎりかもしれない」永瀬さんが答える。白杖を突きながら、僕たちの後ろを、陣内さんと並んで歩いていた。遅くまで営業している店とはいえ、二十四時間営業ではないらしい。

若林青年は僕の隣にいる。永瀬さんが視覚障碍者であることにやっと気づいたのか、心配するように何度か振り返った。

「前向いてないと、おまえのほうが転ぶぞ」陣内さんが言う。

歩道はまっすぐ続き、車道は片側一車線で細く、ぽつんと置かれた街路灯も古いのか、明るさは弱く、あたりは薄暗い。植え込みは影の固まりのようにしか見えない。

前方に、ゆっくりと歩く中年男性がいた。背広姿で、スマートフォンを眺めている。夜道のよそ見歩きは危険かもしれませんよ、と心の中で指摘しながら先に行く。後ろの陣内さんと永瀬さんも、その男性を追い抜いた。

　薄暗い夜の道をみなで歩くのは、小さな冒険のようでもあり、緊張感と共に楽しさもあった。自分たちだけが町を探索するような優越感もあった。が、ここにもいるぞ、と言わんばかりに前からヘッドライトが照った。車種は分からぬが、黒色の車が反対方向へ、通り過ぎていく。

　振り返ったのはその車が停車した音が少し、甲高《かんだか》かったからだ。しんしんとふけ渡る夜に、絹を裂くような音が響いた。

「どうした」と後ろにいる陣内さんが、僕に言ってくる。

「あ、いえ、車」僕は、停車した車のブレーキランプを眺めながらぼんやりと言う。

「どうもしないんですけど」

「陣内」永瀬さんがそこで足を止めた。耳を傾けるように、顔を動かし、「バックの音」と言う。

　車がバックしてきた。行き過ぎてしまったからか、と思っていたがその速度はどんどん上がってくる。赤いランプは、正気を失い突進してくる動物の、爛々《らんらん》とした瞳のようにも見え、僕は体が動かなくなる。

「まじかよ」陣内さんもその異常な車の後進走行に気づいた。「おい、車が暴走してくるぞ。後ろからだ」と永瀬さんの手を引っ張る。

車が後ろ向きで歩道に乗り上げたのはその直後だった。車道と歩道には段差があり、その路肩の部分で少し跳ねると車体は斜めになったのか、角度を変え、近くの電柱にぶつかった。

夜道が抉られる音が、短く響く。

茫然とするほかなかった僕に比べ、若林青年は動きが早かった。「大変だ」と言いながら、その車に近づいていく。フロントライトとブレーキランプがあたりを明るくしていた。

「どんな状態？」永瀬さんが訊ねる。

「車が突っ込んできて電柱にぶつかった。酔っ払いか。これはひどいぞ」陣内さんが答えた。

「陣内さん！」若林青年の声がした。先ほどまで近くにいたはずだが、姿が見えない。いったいどこにと周囲を見る。車のライトのおかげで先ほどよりは遠くまで見渡せた。

若林青年は車から少し離れた歩道にいた。男が倒れており、いったい誰だろうか、暴走した運転手だろうかと思ったが、近づくうちにそうではないと分かった。先ほど、スマートフォンを眺めながら歩いていた中年男だ。仰向けになったまま動かない。若林青年がマッサージをしていた。両手を重ね、胸を押すようにしている。「息していないです」と必死の顔で、ほとんど自分が息をしていないかのような面持ちだった。

「ぶつかったのか？」陣内さんもさすがに深刻な顔をしている。

大きな衝撃音が鳴ったわりには、周囲は静かだった。

「ぶつかったようには見えないんですけど」若林青年は懸命で、息を切らしている。

スマートフォンが転がっているのを見つけた。近づき、拾い上げる。指がボタンを押してしまい、ロック中の画面が表示された。男性の娘たちと思しき写真が、パパ誕生日おめでとう、のプラカードを持った子供たちの笑みが、あった。

「陣内、救急車」永瀬さんはその中では比較的、落ち着いていたのかもしれない。

運転席のドアが開いたのは、その時だ。ああ良かった運転手は無事だった、と安堵したのも束の間、降りてきた背広姿の男が肩を怒らせ、のしのしと向かってきたから驚いた。

「大丈夫ですか？」と訊ねたが、すると男は、「大丈夫じゃねえよ」と乱暴に言った。「見つけたぞ、おまえ」

「見つけた？」

「おまえ、あの時の」男は言った。手が光ったのが見え、目を凝らせばナイフのようなものが握られており、さらにはそのまま永瀬さんのほうに近づいていくものだから、僕は血の気が引く。

先日の、通学中の小学生に襲い掛かった男を思い出す。あの男も刃物を握っていたからだ。どうしてこんな物騒なことばかり起きるのか。

「ちょっと、何ですかそれ」常日頃、傍観者になりがちな僕が、その時は咄嗟に動いていた。事態が呑み込めないがために、動転していたからかもしれない。

「おい、危ねえぞ！」陣内さんが、男を叱るような声を発したが、その時には僕は刺されていた。

24

腹に痛みが走り、抉られるような熱さにぎょっとし、その直後、激痛が走った。全身の皮膚を千切るような、鋭い痛みだ。刃物が引き抜かれたのかもしれない。僕は横腹を押さえ、それからその手を見た。黒いぬめりが付着している。手を翳す。周囲はかなり暗かったが、エンジンが切れたとはいえ車のヘッドライトやルームライトは光っており、その明かりのおかげで赤い血だと分かる。

「武藤、大丈夫か」「武藤さん」と陣内さんと若林青年の声が重なって、届く。

「大丈夫」と答えた後で、貧血を覚えた。「じゃないです」と弱音を吐く。腰がぼろぼろに砕けたかのように、その場にしゃがみかけた。

陣内さんもさすがにそこで、面倒臭えな、とは言わなかった。すぐに刃物を持った男を捕まえようと思ったのか、近づきながら手を伸ばした。が、男が刃物を思い切り振り回す。危ない。陣内さんは、さっと避けていた。

「おい、若林、救急車」陣内さんは、男と向き合いながら指示を出す。いつものような余裕はなく、ぴりぴりと震えるような声だった。

「かけてます」

痛さ以上に、体から血の気が引き、意識が萎《しぼ》んでいく感覚が怖かった。足元から、自分が消える。視線を向けると、心臓マッサージを続けながらスマートフォンを肩と耳で挟むようにする若林青年の姿が見えた。

間に合わないのでは、と思う。何が何に間に合わないのか、までは考えなかった。

－おまえ、よくも小馬鹿にしやがったな。あれからろくなことが」刃物を持った男は言う。

「言いがかりだっての。人違いだろうが」陣内さんの声にいつも以上の緊張があるため、僕も緊張する。「事故のせいで混乱してんだよ。落ち着けって。まずは、危ないから刃物を放せって。何か薬でもやってるのか？」

「陣内、たぶん、僕に怒ってるんだ」言ったのは永瀬さんだ。サングラスは見えるが、表情は窺えない。僕の視界がぼやけてきているのか、それともそもそも暗いのか。

「おまえに怒る？　何でだよ」

「ずっと前、地下鉄で」永瀬さんが言った。

「そうだよ、それだよ」男は歓喜するかのように高い声を発した。復讐を行うための前口上を述べる様子だ。「恥かかせやがって。あれからろくなことがなくてな」

「事情は分からねえけどな、どう見てもやり過ぎだろうが」陣内さんが騒ぐ。「武藤、大丈夫か」

「救急車頼みました」若林青年が声を上げる。

「ほら、おまえ、時間の問題だぞ」

「いいからどけ。俺はその、目の見えないくせに涼しい顔した奴を刺したいだけでな」

「おまえのほうこそ、何も見えてねえだろうが。ちゃんと見ろ。自分が何してるのか」陣内さんが強い口調で言う。

僕はぜえぜえと、舌を出す犬じみた呼吸を繰り返していた。気持ち悪い汗が出てきた。ああ、妻に電話しないと。

若林青年が飛びかかったのが見えた。

背後から、男を羽交《はが》い絞《じ》めにする。

「人が死んだら大変だ」と切実な声を出した。

男は体を大きく振り、いったいその怪力はどこから来たのか分からぬほどの激しさだったが、若林青年を振り落とした。彼は頭を打ったようにも見え、あ、と僕は声を上げた。いや、声を上げたつもりだったが、体に力が入らなかった。しっかりしろ、と自分を叱咤するが、四肢のあちこちから、精神の元のようなものが煙のように流れ出ていく。

体を起こすためにつかめるものを探すが、空気を掻くだけだ。

まわりが狭くなる。

瞼が落ちかけているのだ。怖くなって目に力を込めた。閉まりかけの瞼の隙間に、若林青年が蹴られる光景が飛び込んできて、またはっと見開く。

陣内さんはどうしているのか、と思った直後、周囲が真っ暗になった。いよいよこれは出血が限度を越し、五感が駄目になったのか。このまま命が消えるのではないか。その恐怖を考えてはいけない。思えば思うほど、そのことしか考えられなくなる。死にたくない。恐怖を振り払うために、僕は、死とは正反対のもの、妻と息子、娘のことを思い浮かべた。今、僕がいなくなったら、家族はどうなってしまうのか。

血を止めなくちゃいけない、止まれ、止まるんだ。

目を閉じていたのではなく、ただ周囲が真っ暗になったのだと分かったのは、その後だ。車が激突した際に、街路灯はすでに消えていたのだ。車のライトのおかげで、明るかったのが、そのライトが消灯したために暗くなった。暗幕が引かれたかのようにまわりが見えなくなっている。

「おまえたち動くなよ」と男が声を上げるがそれはすでに、暗闇の中の不安が滲んでいた。

みなさん大丈夫ですか。僕は訊ねたかったが、声はほとんどかすれている。

「諦めろ」陣内さんが言うのが聞こえた。

「うるさい、黙ってろ。というかどこにいる。目が見えないくせに」目を凝らすと男がもぞもぞと動いているような、影がうっすらと見えた。ライトがわりにしたいのかスマートフォンを取り出そうとしている。

「見えないのはおまえや俺たちのほうだっての」

「何だって？」

「今ここで、一番見えてるのが誰か知ってるか？」

陣内さんのその言葉が夜に響いた直後だ。

男が唸った。悲鳴を上げながら地面にねじ伏せられる影があった。微かにしか把握できないその彼の姿の、後ろにいるのが永瀬さんだろうかと思ったところで、僕は急に体が軽くなる感覚に襲われ、恐怖に貫かれて何度も家族の名前を呟き、そのまま地面の冷たさに自分の意識が溶けていくのを、見下ろしている。

25

「武藤さん、まさかの大活躍だったね。前回に続いて、またしても記事になって」

病院のベッドで横になりっぱなしもつらいものだから体を少し起き上がらせ、小山田俊と向き合う。椅子に座った彼は、「病室って来たことがないから、落ち着かないね」とあちらこちらを眺めていた。

「活躍も何も僕は何もしなかった」見栄を張る必要もない。あの時、刺された後は倒れているほかなかった。前回の埼玉の時とは違って、今度は紛《まぎ》れもない被害者だ。

「ほかの人たちのほうがよっぽど」

あの時、意識を失っていた男は別の病院に搬送されたようだが、意識を取り戻した。若林青年の心臓マッサージの効果があったらしかった。その若林青年自身、一通り検査を受けたが、大きな怪我はなく、結局、僕たちの中で入院が必要となったのは最も活躍しなかった僕だけだった。

「でも、陣内さんが言ってたよ。武藤さんが頑張った、って」

陣内さんは僕にも直接、「俺は、車のライトを消しただけだからな」と言い、「それに比べて武藤は頑張った」と労《ねぎら》ってくれた。「ただ、おまえの入院のせいで、ほかの人に仕事の皺寄せが来て、困っている」と言い足すのも忘れなかった。僕が担当している事件は、木更津安奈と陣内さんで引き受けてくれたため、そのあたりはお詫びのしようがない。

「その犯人、逆恨みだったわけ？」特に関心もなさそうな口調で、小山田俊は言う。

みかんを剥き、口に放り込む。彼が見舞品として持ってきたものだ。自分でも食べたくなったのだろう。見舞いの品としては、袋に入っただけのみかんは簡単なものに思えたが、食べやすい上に量もそれなりにあり、現実的な考え方をする彼らしいと思えた。

「まあ、そうだね」

あの、突然、車をバックさせてきた男は、以前、地下鉄で永瀬さんに文句をつけた人物だった。その時は、合気道を習っている、と永瀬さんに言われたことで尻込みし、退散したが、おそらくその尻込みしたこと自体が不愉快で、自尊心を傷つけられたのだろう。怒りの種となった。その種から芽が出て、根は地面を深く伸び、幹を太くする。憎しみや怒りの樹は、枯れることも多いのだろうが、枯れない場合はとてつもなく大きくなりうる。さらに男には、地下鉄車両内で恥をかいたという意識があったようで、乗客と顔を合わせるのが嫌になり、車での通勤をはじめたらしい。車での通勤はデメリットが多い。会社はガソリン代の全額負担には対応していない上に、渋滞もある。飲酒もできない。こちらからすれば、自業自得、すべてが自分の蒔《ま》いた種としか思えぬが、本人は不満が積もる一方だったのだろう。

どうして俺はこんな目に遭っているのだ。その不満の原因を彼が指で辿った結果、それは横線のないあみだくじのようなものに違いなく、「あの時の視覚障碍者」に辿り着いた。

次に見かけた時にはもう容赦はしない、そうなのだあの時のあの男がいけないのだ。と思ったわけだ。

「これは陣内さんから説明されただけだから、たぶん、多少の脚色はあるとは思う」

夜道で、杖をつく永瀬さんを見つけ、急ブレーキを踏み、バックのまま突っ込んできた勢いは、正常な人の判断とは到底思えなかった。精神のバランスを崩していたに違いない。

「ええと、誰かショックで倒れた人もいたんでしょ」

「あの時、近くを通りかかった会社員」心臓に病気を抱えていたのか、突然突っ込んできた車にショックを受け、ばたりと倒れた。

「何だかもう大変だね。みんながとばっちり」

「暗くて、状況もよく見えないし」

「武藤さんって、入院中は一人なの？」

いったいどこまで僕や事件に興味があるのか、話題が飛ぶ。

夕方になれば、妻が子供を連れて来てくれる。とはいえ、腹部の怪我が落ち着いてきたこともあり、ここ数日は来たり来なかったり、といったリズムになっていた。傷はそれなりに深かったが、そろそろ退院も近いはずだ。そう話すと彼は、「じゃあ今日、わざわざ来なくても良かったかな」とみかんをまた頬張る。

「でも、わざわざ来てくれて感動した」ほとんど家から外に出ない彼が、こうして電車を乗り継ぎ、やってきてくれたことは素朴に嬉しかった。「何かあった？」とむしろ裏の事情を詮索したくなる。

小山田俊はしばらく答えなかった。みかんを美味しそうに食べている。ひと房食べ終えたら口を開くのかと待ってみれば、もうひと房、もうひと房と食べはじめ、結局、丸々一個を平らげる。小山田俊が息を吐くので、そろそろ喋るかなとほっとしたところ、また新しいみかんの皮を剝きはじめたため、さすがに、「何かあった？」ともう一度、言った。

「ええと、武藤さんが担当していた少年の事件があったでしょ。交通事故の」

棚岡佑真のことだろう。一週間後に審判を控えているが、病院で横になった僕が、安楽椅子探偵、寝たまま探偵ならぬ入院調査官として活躍するのは現実的ではなく、木更津安奈に引き継いでいた。当日までに退院はできるかもしれないが、それまでの作業はほとんどできない。木更津安奈も多くの担当事件を抱えているだろうに、病院に来た時は、「仕方がないですよ」と資料の説明を聞いてくれた。「これもまたお互い様というか、わたしが今度、刃物で刺された時はかわりに」

「もちろん、その時は僕がフォローするから」

「ええはい」木更津安奈はぼそっと言った後で、「ないですけどね」と続けた。

「え？」

「ないですよ。刃物で刺されることって滅多に」と笑いもせず言い残し、帰った。刃傷沙汰の可能性は低くとも、入院や怪我ならありうる、とは言い返しても良かったのかもしれない。

「武藤さん、その少年、どうなるの？」小山田俊が訊ねてきた。

「そういうのは言えないけれど」

原則検送事件であるから、検察に送られる可能性は高いだろうが、別の結論もゼロではない。

棚岡佑真の状況は複雑だった。無免許の上に、明確に人を撥ねようという意思があったものの、その動機には同情の余地がある。と僕は思う。復讐は許されることではないけれど、「同じ人間として信じられない」とまで突っぱねる気持ちにはなれない。ただ、だからといって人を死なせた罪は重いのも事実だ。

どういう決着をつけるのが、彼にとって一番いいのかは分からないままだ。いや、一番いい処分というものなんてない。

処分が軽いことで、余計に、生きにくくなることはある。「あいつ、御目こぼしで許してもらったんだぞ」「保護観察だなんて」「ずるい」「反省なし」と非難され、もしくは白い目で見られることは覚悟しなくてはいけない。

そのことを理由に僕たちが、あえて重い処分にしようとは思わないが、ただ彼本人が、「自分はちゃんと償ったんだ」という実感を持つことは重要に感じられた。前に進むためにはそのほうが良いこともある。

加害者は自業自得なんだから、生きにくくて当然だろう。

そういった声が聞こえてくる。

世間という曖昧模糊としたものから発せられる架空の声、過去に耳にした実際の言葉、もしくは僕自身の声だ。

自業自得という部分はあるはずだ。

ただ。

ただ。でも。

そう思う気持ちはあった。

かった。

最終的に決めるのは裁判官だ。

どうなっても棚岡佑真がつらい道を進んでいくように感じられ、慌てて自らに、そんなことを思ってどうするのだと呆れるが、どうしたって前向きなことは考えられなかった。

「実は、面白いことが分かったから、武藤さんに伝えたくて」小山田俊が言う。

「面白いこと？　やっぱりそれも、ネットの犯行予告？　さすがに今は、危険な人の情報をもらっても止めにいけないよ」半分冗談、半分は真剣に僕は言う。病院支給の患者衣を着ている自分を指差す。あの埼玉の路上で犯人を取り押さえた時が、とても昔のことに感じられる。

「あ、そういえば、武藤さんを刺した男は誰が取り押さえたの。陣内さん？」

「いや」僕が意識を失う寸前のことだから、どこまでが事実だったのか自信はないが、永瀬さんが暗闇の中、すっと杖を使いながら動き、おそらく男の発する声で位置を把握したのだろう、男のそばに寄ったのだ。男の後ろ襟首あたりをつかんだかと思うと、ゆらっと動き、相手を回転させた。

小山田俊は怪訝そうな表情になり、「夢で見たんじゃないの」と言った。

「夢のようではあったけれどね」

「まあそれはそれとして、実は僕、ある人のことを調べたんだ」

「ある人」

「ええと、これ見てよ」小山田俊はポケットから四つ折りのプリントを取り出した。

以前、彼の部屋で見せられた、犯行予告を印刷したものを思い出した。が、そこに並んでいるのは通販サイトの履歴情報と思しき、商品の羅列だった。

「見舞品の候補？」と言ってみたが、どうもそうでないのは分かる。ロープや結束バンド、工具、それから過激なタイトルのついた本やＤＶＤだった。「物騒だね。誰が買ったんだろ」

「その下は、ネット上での質問サイトの一覧」

数枚めくってみると、質問が並んでいるが、その内容がまたかなり偏っており、悪趣味で物騒な、犯罪に関するものばかりだった。過去の、有名な猟奇犯罪者たちの近況について尋ねる一方、刑法や判例についての疑問があり、人を長時間、拘束するノウハウについて意見を求めている。「これは」と言う。「ちょっと怖いね」

「全部同じ人の情報なんだよね。ある人が通販で買って、その人が質問サイトでこういう質問をしている」

「どこでこれを？」

小山田俊は肩をすくめるだけで答えず、かわりに、「怖いよね。ただ、こういう人が世の中にどれくらいいるかと言えば、一人とか二人ではないと思うんだよね」と落ち着いた口調で言う。

「こういうことをネットに書いたり、怖いものを買っても別に、犯罪者とは限らないと思うけれど」

「その通りだよ」小山田俊がうなずく。「それこそホラー映画が好きな人は、残酷なことをする！　みたいな偏見はどうにかしてほしい」

「そうだね」僕はその紙を、貴重な文献を触るような面持ちで返した。

「ただ、僕の勘だと、この人はかなり、まずい感じだよ。深刻度がね」

「どういう人なんだろう」

「奥さんと娘さんに暴力を振るって、逃げられて。一人で悶々と」

あまりにすらすらと彼が言ってくるものだから、僕は眉をひそめ、「想像？」と聞き返す。

「たぶん事実」

「どうしてそんなことまで」

「自分から質問していたんだよ。妻子へのＤＶで訴えられた場合の、上手な対処法について。慰謝料を払わなかったらどうなるか、とか。何でもかんでも、インターネット頼みなのかな、こういう人って」

僕のことを刺した男を思い出す。溜め込んだストレスを、どこかに吐き出さずにはいられず、しかもそのストレス自体が身勝手な理屈で生み出したものなのだが、とにかくそのもやもやを自分より弱い者にぶつけようとする。ブルーハーツのあの歌を思い出す。弱い者達が、夕暮れ、さらに弱い者をたたく。その光景は社会のあちこちにある。

「この人、本当に何かやるの？」物騒で、取り返しのつかない、何かを。

まさかね、と言いたかった。恐ろしいことを想像したくない。

僕はどうすべきなのだ。この人の恐ろしい犯罪を防ぐことができるのか？

小山田俊はやはり、僕に事件の阻止をお願いするために来たのか、と思いかけた。もうさすがに勘弁してくれないかな、と。

が、彼の口から出たのは、「やらないと思う」という答えだった。「この人は何もやらない」

「え」

「事件は起こさないはずなんだけど」

それならこれはいったい何の話なのだ。首を傾げずにはいられない。

「正しくは、事件を起こせない、というか」

「起こせない？　もしかして、君が」それを阻止するつもりなのか。

すると小山田俊が、みかんの皮に指を差し込みながら、何事もないように、「たぶん、もう死んでるから」と言った。

聞き流しそうになるが、聞き逃せるわけがない。「どういうこと？　何で？」

何で知っているのか。何で死んでいるのか。何で、そんなことを僕に言うのか。

「それはほら、武藤さんも知ってるでしょ」

「知らないよ」

「あの事故。無免許運転で」

投げ込まれた言葉が、僕の頭で波紋を作る。いや、波紋のような大人しいものではない。大きなショックで、水が飛び散り、びしゃびしゃだ。

事故、とは棚岡佑真の起こしたものを指すのだろう。

「あれで死んじゃったんだよ、この危なっかしい人は」

26

　あの時の被害者の男性が、このネット情報を残した人物なのか？　僕は何を確認すべきなのか分からず、鯉《こい》のように口をぱくぱくとさせる。「君がネット上で目をつけていた人が、あの事故の被害者だったということかい」

「武藤さん。だいぶ違う」小山田俊は言う。「順番が逆なんだ。僕は、あの事故の被害者のことが気になって」

「被害者が？　どうして？」

「撥ねられちゃったのがどんな人なのか興味を持っただけだよ。武藤さんが言うには、遺族の人も物わかりがいい、というか、あまり怒っていなさそうなのも気になったし」

「物わかりが良かった、と言ったつもりはなかったけれど」

　実際、僕は、被害者の遺族については特に違和感を覚えていなかった。

「でも僕には引っかかったんだ。被害者の名前は事故のことを調べたら、すぐに分かるでしょ」

名前は調べられる。ただ、そこから通販サイトの履歴を手に入れるところまでは飛躍がある。いったいどうやって。と訊きたいところだが、知るのは怖い。

と思っていると彼が、「安心して」と話す。「そんなに難しいことをやったわけじゃないんだ」

「いや、難しいかどうかじゃなくて、違法かどうか」

「被害者は朝のジョギング中だったんだから、事故現場からそんなに離れたところには住んでいないような気がするでしょ。だからそのあたりを歩いてみたんだ。それでいろんなお店とかに入って、『昔あの人にお世話になったんですけれど』『ニュースで知って、びっくりして』とか言い並べたら」

「さすがに警戒されそうけれど」

「僕みたいな十代の若者が礼儀正しく振る舞えば、それなりに警戒心は解かれる。で、数撃てば当たる、という言葉通りでね、マンションを教えてくれる人が一人いたんだ。だから、被害者のマンションに行って」

「今度は管理人に？」

そのあたりで小山田俊は面倒になったのか、「とにかく」と一気に説明を省いた。

「部屋に残っていたパソコンを借りて。中を覗いたら、こういうインターネットの利用状況が簡単に」

管理人にそれらしい嘘を言い、部屋に上がったのだろうか。「パソコンにはパスワードがかかっていたんじゃないの」

「それがね、かかっていなかったんだよ。ＢＩＯＳにもＯＳにも」

嘘だろうとは分かる。さらに、通販サイトの履歴を見るために、アカウントにログインしたのであれば、不正ログインの罪になる。「もう、頼むから、僕を困らせないで。どうして、そんなことまでして、調べたかったんだ」

「何でだろう。自分でもよく分からないよ。結局どうなるかと言うと」

「ああ、うん」

「その人が撥ねたおかげで、事件は未然に防げたんだよ。だって、この人、絶対何かやるつもりだったからね」と手にあるプリントをひらひらと振る。

なるほど、と答えかけて、飲み込んだ。彼の言わんとすることは分かる。だけれど、それを受け入れるのには、抵抗があった。

「だから」彼は続ける。「その、事故を起こした少年も、いいことをしたことになるよね」

「いや、それは」胸の内で、黒い雲が形を変えながら回転し、膨らんでは萎み、萎んでは膨らむ。「違う。それとこれとは」

「どうして？」

「無免許で事故を起こしたことが、いいことなわけがない」

「でも、結果的には」

「別に、君を信じないというわけじゃなくて、本当にその人が、事件を起こすような恐ろしい男だったのかどうかは分からない。むしろ、起こさなかった可能性も高いかもしれない。ネット上に犯行予告を残している人の大半は、実行までは移さない。そのことは君のほうが専門家だ」

「その専門家から見ると、この人は本気だよ。過去形かな。本気だった。危なかったよ」

仮にそうだったとして、それで棚岡佑真の起こした罪が変わるのか？

「この間、僕が頼んで、武藤さんたちが通り魔を止めてくれたじゃないか。たとえば、あの時、もし、何かの手違いで犯人が死んでいたとするでしょ。道路に頭をぶつけたりしてさ。それとどう違うの？　その少年は、危険な犯罪を事前に防いだ。でもたまたま、相手が死んじゃった」

「僕たちは、あれが通り魔だと分かっていた。だけど、彼の場合はそうじゃない。相手が誰なのかも分かっていなくて、ただ事故を起こしただけだから」

「もし、僕が事前に彼に、『あのジョギング男は近いうちに恐ろしい事件を起こすよ』と教えていたとしたら？」

僕は、小山田俊をじっと見る。ムキになっている様子はなかった。「それにしても、車で撥ねたら駄目だよ」

「本当に？」小山田俊の問いかけは、僕が内心で発していた声と同じだ。

本当にそうなの？　悪いことをする人間を、車で撥ねたら駄目なの？

「うん。駄目だよ」僕はもう一度、繰り返す。

「駄目なのかなあ。もしかすると、スーパーマンだってバットマンだって、たまたま、悪い人を退治しているだけかもしれないし」

「それは作り話だからさ」

「アメリカの空爆だって、民間人の命を」

「それはまた違う話だよ」

「作り話は駄目、現実の話も駄目。がんじがらめじゃないか」小山田俊は大袈裟《おおげさ》に嘆く。

「僕も何が正しいのかなんて分からないんだ。分からないことばっかりだ。君が間違っているとは思わない。ただ、やっぱりそれは関係ないんだよ。あの事故はあの事故だ」

「じゃあ、せめて、その少年に教えてあげてよ。君の事故は意外に、世の中のためになったかもよ。怪我の功名《こうみよう》だね、とか」

「言えない」被害者が本当に犯罪を起こしそうだったのかどうかは、小山田俊の憶測だ。仮に当たっていたとしても、悪い人間の命は奪ってもいい、とはなかなか言い切れない。もちろん心の底では、僕も同意したいところはある。それは認める。ひどいことをした人間はひどい目に遭えばいい、と思う。ただ、それを自信満々に口に出してはいけないとも思う。

「教えてあげれば、もしかすると気持ちが楽になるかもよ」

「どうだろう」そこで棚岡佑真が、「じゃあ、僕が事故であの人を撥ねたのは、結果的に良かったんですね」とほっとし、めでたしめでたし、となるのだろうか。「難しい問題だよ」

「僕からすれば、単純明快なんだけどなあ。陣内さんにも、『面倒臭いことを教えるんじゃねえよ』と怒られちゃった」

「陣内さんに話したんだ？」

「ほとんど相手にしてもらえなかったよ」

「陣内さん、何と言ってたの」

「『面倒臭いから、武藤にも話して、困らせておけ』って」小山田俊が目を細める。変な人だよね、と首を振る。「その後は僕のことをいろいろ言いはじめた」

「君のこと？」

おまえな、頼むから大人しくしていろよ。

陣内さんは懇願まじりの命令口調で、訴えたらしい。

ネットの情報に不正にアクセスするのは、違法だ。おまえは今、試験観察中だからな、そういったことをやるのは問題がある。

見過ごすわけにはいかない。

そして陣内さんは、「いいか」と言った。いいか、俺はな、おまえはいい奴だと思ってるんだ。

「僕、いい奴だ、なんてはじめて言われたよ」小山田俊はそこで、僕に肩をすくめた。

陣内さんは、「おまえは頭がいいし、技術を持っている。法律違反もしている。ただ、悪いことはしない奴だ」と続けたのだという。

法律を破っているのに?

「法律を守ってるやつが全員、いい奴か? 俺はな、おまえをこのまま放っておいていいと思ってるんだ。武藤もたぶん同じ考えだろう。むしろ施設に入れたり、カウンセリングを受けさせたりしてもな、おまえは変わらねえよ。頭がいいし、おまえみたいなのは施設で性格が悪くなることはあっても、良くはならない。放っておいてやるのが一番いい。ただな、俺や武藤は、おまえが法律違反をしたら見て見ぬふりはできない。それが俺たちの仕事だからな。あからさまにおまえが法律を破っているのが分かったら、さすがに俺たちは怒られるわけだ。あの時のおまえたちは調査官としての判断が間違っていたんだ。少年院に入れなかったからだ、処分が甘かったんだ、下手くそ! 演奏やめちまえ! と叱られるんだよ。誰だって叱られるのは嫌だろ。だから、表面的にいい子にしていろ、とは言いにくいけどな、頼むから、いい子にしていろ」

「武藤さん、あの人、正直に話をしすぎだよね」

「本当に困る」正直に話すのは楽だ。誰だってそうできれば、と思っているのだろうが、周囲の秩序の安定のために、もしくは人間関係を壊さぬために、我慢する。本音を隠し、もしくは遠回しな表現を使い、場合によっては心にもない同意を口にし、ストレスを溜める。

その苦労から逃げるのはずるいじゃないか、と言いたくなることもある。

そう話すと小山田俊は、「だけど、あの人のはそういう感じもしないよね」と不思議そうに首をひねる。「だから、武藤さん、僕の処分はちゃんと決めていいから」

「え」

「武藤さんが怒られないように」

少年側からそう言われるのは妙な気分だった。「もちろんそりゃ」と言ったものの、正しい処分が何であるのかは分からない。

先ほど自分で口に出したばかりだが、やはり、分からないことばっかり、なのだ。

小山田俊が、「じゃあ、そろそろ」と立ち上がる。「武藤さん、そのみかん、美味しいよ」と自分で買ってきた袋を指差した。

「ありがとう。申し訳ないね」お母さんによろしく、と僕は言う。

「そうだ、あの陣内さんって、うちに時々、来るでしょ」

「いつもご迷惑を」

「だからこの間、家裁の調査官はそんなに、一人の少年に構わないといけないのか、って訊ねたんだよ」

「そうしたら?」

そんなわけねえだろ、と陣内さんは答えたらしい。「そんなに暇じゃねえし、俺たちの仕事は家庭訪問じゃないっての」

「じゃあ、何で、うちに来るわけ。もしかして、僕を心配してくれているの?」

「おまえは心配いらないだろ。武藤のほうがよっぽど心配だ」

「それならどうして来るわけ。友達が遊びに来るみたいに」

そこで陣内さんは顔をしかめ、「おいおい、本気で言ってるのかよ、マジかよ」と言った。

小山田俊を矯《た》めつ眇《すが》めつ眺めるようにし、「友達が遊びに来ているんだろうが」と言った。

「つまらない冗談だから、苦笑したんだけれど、あの人、真顔で言うんだよ」

おまえ、今まで俺のこと何だと思ってたんだよ。

陣内さんはそう言った。

「家裁の調査官だと思っていたに決まってるよね」僕にそう言う小山田俊は、いつもの大人を小馬鹿にするような顔をしていたが、少し経つと、何かを我慢するように唇に力を込めるのが分かった。「何だろうね、あの人」と言う声はわずかに震えていた。

少しして、子供たちと手を繋いでやってきた妻は、僕のベッドの横に立つと、「みかんのいい匂い」と独り言のように洩らした。

27

棚岡佑真は、僕が入院したことは聞いていたのだろうが、調査室で向き合い、包帯を見せると、「本当に怪我していたのか」とぼそっと言った。

僕たちが巻き込まれた事件は、前回の埼玉での通り魔騒動の時よりも大きく取り上げられ、記事にも出ていたため、棚岡佑真も別に、嘘だと思っていたわけではないだろう。

「刺されたんだ？」自分が刺されたかのように顔をしかめた。

「怖かったよ。強がりたいけど本当に怖かった。あ、違うな。怖いと思う余裕もなかったんだ」

ああ、うん。と棚岡佑真は答える。かたくなさは以前よりはずいぶん和らいでいるように思えた。「あの、女の調査官は今日は」

「今日は僕がちょっと立ち寄っただけだから」

「あの人、何でいつも怒ってるんですか」

木更津安奈のことだろう。「いや、彼女はああいう人なんだよ。厳しいというか真面目というか。君にだけ厳しいわけじゃないよ」

「ああ、そう」

審判を二日後に控えているが、彼自身は特に緊張を見せていなかった。そのことに触れると彼は、「もうどうにかなるわけでもないので」と言って、目を逸らした。自暴自棄とまではいかぬまでも、どこか捨て鉢にも思える。

事故で人を死なせてしまうことが、いかに恐ろしいことなのか、彼はよく知っている。

自分が小学生だった頃、彼自身が体を抉られるようなショックを受けた。だからこそ、その罪と真正面から向き合うのが恐ろしいのかもしれない。

どのような処分でも構わない。

棚岡佑真の目はそう言っている。

「武藤さん、俺、どうすればいいんですかね」と酔いながら突っ伏しそうになる若林青年を思い出さずにいられなかった。十年後、棚岡佑真も同じ台詞を、同じような苦悩と共に発するのだろうか。

それならばいっそのこと、小山田俊から聞いたあの情報、「被害者は物騒なことをやる人物だったのかもしれない」を伝えたほうがいいのでは、と思ってしまうのも事実だ。

少しでも彼の罪の意識が楽になるのならば。

いや、違う。

それは噓だ。

僕自身が楽になりたいだけだ。

そんな情報を伝えたところで、そもそも本当かどうかも怪しいものだが、棚岡佑真を余計に混乱させるのは間違いない。気休めにしては副作用が大きい。そんなことに頼ってはいけない。

「でもちょうど良かった。あれのこと、聞きたかったから」棚岡佑真が言った。曖昧で、乱暴な切り出し方だったが、もどかしそうにも見える。

「あれって何だろう？」

「差し入れ」

「差し入れ？」

「この間あの、調査官が持ってきてくれたやつ」

「木更津が？　ごめん、僕は退院したばかりでまだよく分かっていないんだ」

「たぶん、あの陣内って人が用意したんだと思うけど」

陣内さんが、木更津安奈に持たせたらしい。彼を困らせるものだったに違いない。棚岡佑真が、「あの本」と言った時には、「申し訳ない」とすぐに謝罪の言葉が出た。思い浮かんだのは、公衆トイレに記された落書きを収集した陣内さん自家製の冊子や、犯人の名前に線を引っ張った推理小説のようなものだった。以前、別の少年にも押し付けていた。

「あれって」彼の言葉が少し強くなった。「どうやって」

「陣内さんが適当に」作ったんじゃないかな。

「適当に？」

「いや、いい加減な気持ちではなかったと思うけれど」

「すごく、びっくりした」

「びっくり？」僕はそこでようやく、「その差し入れの本って何だったの」と確認した。

棚岡佑真の顔は強張っていた。目は少し充血し、はじめは憤っているのかと思うが、自分の感情が表に出ないようにとこらえているようにも見える。

「漫画」

「漫画？」

「あの続きから二冊。最終回まで」

　その説明の意味がはじめは理解できない。あの続き、とは何の続きなのか。いったい何の漫画なのか、と問い質す直前で僕も察した。昔、彼らが、とりわけ栄太郎君が夢中になっていた漫画のことではないか。「途中で終わったんじゃなかったっけ。その続きから？　いつの間にか出版されていたってこと？」

「いえ」「いえ？」

「出版はされていないと思う」棚岡佑真はそこで口を閉じる。気持ちを落ち着かせるつもりなのか、ゆっくりと鼻から息を吸い、静かに吐いた。「表紙も白いし、手作りっぽいんだけれど、中身は本物みたいで」

「どういうこと？」できれば現物を見たかったが、彼も調査室には持ってこられなかったのだろう。大きさや中身について確認する。「陣内さんが描いたわけじゃないよね」

　武藤さんも事情を知らないんですか、という表情で彼が見てくる。「本物」

「本物って、その作者が描いたってこと？」

「あの陣内って人が頼んで」

「陣内さんが頼んだ？」僕は頭の整理を必死にやる。片づけても片づけても床にあふれた雑貨がなくならない気分だ。漫画家に頼む、とは簡単にできることなのか。「いつの間に？」

どうやって、という疑問と、どうして、という疑問が同時に湧く。

「漫画にメモが挟まっていて」棚岡佑真が言う。

「何て」

「『できたじゃねえか。楽勝だよ』って」

陣内さんが書きそうなメッセージだ。「できたじゃないか、ってどういう意味なんだろう」

「俺もはじめは分からなくて。ただ」

「ただ？」

「十年前、裁判所に、守と一緒に押しかけて、あの人に会った時」

「ああ、うん」裁判所の受付で小学生の彼らが、陣内さんに詰め寄った時のことか。

「あの時、あの人、『おまえたちの希望に合わせて、仕事やってるわけじゃねえんだよ』って言ったんだ。それから、『ほかに何かねえのかよ』って」

「ほかに？」

「もっと、現実的なお願いごとをしろよ、って」

犯人を死刑にしろ、とか難しいことじゃなくて何かほかにお願いごとがねえのかよ、と。

「それで」

「あの漫画を最後まで読ませろ、って俺たちは言ったんだ。まだ子供だったから、そんなことしか思いつかなくて」

陣内さんがどういう反応を示したのかを僕は推測する。そんなの楽勝だっての、漫画の続きを完成させればいいんだろ、俺が頼んでやるよ。

少年たちは、「絶対無理だ。できるわけがない。口だけだ」と騒いだ。

「安請《やすう》け合《あ》いしちゃったのか」そこで僕は、前回の面接の時、同行していた陣内さんに対し彼が、「忘れてますよね。やっぱり、嘘だったんじゃないか」と詰め寄るように言ったのを思い出した。

あれは、その約束のことを指していたのか。「君はそのことを覚えていたわけだね」

「忘れてた」

「え」

「この間、あの人とここで会って、その時に思い出しただけで」

「陣内さんもあれで思い出して、それでその漫画家を探し出したのかな。よくこんなにすぐ本にできたね」

「いえ」棚岡佑真はそこで力が抜けたような顔つきになった。「たぶん違います」

「違う？」

「あの人、ずっと覚えていたみたいです」

「ずっと？　陣内さんが？　ずっとっていつから」

「俺たちと約束した時から」棚岡佑真は真面目な顔つきだったが、僕とは目を合わせず、床を眺めていた。

「え。それって」

「十年前」

「陣内さんが十年間もそんなことを覚えているとは思えないけれど」すっかり忘れていたことを、「ずっと覚えていた」と言い張る陣内さんの態度は容易に想像できる。

棚岡佑真はふっと息を吐いた。「それで、昨日の夜、手紙が来て」

「陣内さんから？」

「いや、作者です。漫画の」

「それ、どういうこと」僕の眉はかなり歪んでいたのではないだろうか。何がどうなっているのか。「漫画家が？」

彼はポケットに入れていた便箋《びんせん》を、僕に渡してくる。万年筆で書かれた「ほとんど唯一の読者であるところの棚岡君へ」ではじまるその手紙は能筆で、大人びたものだった。

自分があの漫画の作者であること、今はもう商業誌での仕事はなく、別の仕事をして暮らしていること、そして、「陣内なるあの男」のしつこさに負けて、あの漫画を完成させるに至った経緯が書かれていた。

陣内さんは十年前、突然やってきて、漫画を完成させろ、最後までちゃんと描け、と迫ったのだという。どうして、漫画家のいる場所が分かったのか？　当時、週刊誌の取材でその漫画家は行きつけの定食屋のことを話しており、陣内さんはそこを見つけ、足を運んだようだ。

事故で亡くなった小学生が、あの漫画の完成を楽しみにしていたらしくてな、その友達ってのに約束しちまったんだよ。頼むよ。

駆け引きも取り引きもなく、陣内さんは正面突破でそう頼んだ。

もちろん漫画家は断った。

当時はまだ、連載の仕事もあって、過去の作品のことなど考えるつもりもなかったのです。手紙にはそうある。

それにそんな依頼を引き受けるわけがありません、とも。

確かにその通りだろう。

「あの漫画は最後まで描いた。続きなどない」と話しても陣内さんは、「打ち切りでぶつ切りだろうが。もう少し、あったんだろ、描きたいことが」と詰め寄った。

突然やってきた陣内さんの依頼は、決定的に怪しく圧倒的に鬱陶しい。

ただ、陣内さんは粘り強かったらしい。

というよりも、いつまでも忘れなかった。

毎日訪問するようなしつこさはなかったが、何ヵ月かに一回、「漫画描いてくれよ」と言いに来て、定期的にぽんぽんと現われたかと思えば、ぱったり間が空き、ほっとした頃にまた、「先生、暇なんだろ」と来た。

私も時間を持て余すようになってきたから、自分のためにもあの漫画を完成させようと思いはじめたのが二年前です。

手紙にはそうあった。陣内さんのでたらめな原稿催促が八年目で実を結んだ、と言っていいのだろうか。

そして、棚岡佑真が事故を起こした。

陣内さんは、漫画家に、「先生がなかなかこの漫画を完成させないから、唯一のファンが鑑別所に入ってしまったじゃねえか」と嫌味を散々言い、少年院に行ったら漫画の差し入れは大変だからそれまでに完成させろ、と急《せ》かしたらしい。

そのあたりを読みながら僕は、陣内さんが中年男と会っていた、という話を思い出している。木更津安奈が目撃し、優子さんも見たという、陣内さんが言うところの「大家」だ。その男こそが漫画家だったのではないか？

半べそをかいていたのは、陣内さんに作品の駄目だしでもされたのだろうか。わざわざ描いてもらったにもかかわらず、「もっと面白くなるはずだろ」と容赦なく感想を述べる陣内さんが目に浮かんだ。

文面からすると、漫画家は陣内さんには内緒で、この手紙を送ってきたようだった。事故を起こした少年、といったことは陣内さんから聞いていたのだろうが、後は少年法や守秘義務などあってないようなもののネット上から得たに違いない。

僕は手紙を彼に返した後、息を長く吐く。何と言ったらいいものか悩む。「陣内さんは」と言う。「あの人、負けず嫌いだから」

「はい」

「意地だったんだろうね。あの人面倒臭がりだけれど、それ以上に、意地っ張りだから。『どうせ無理だ、ほら無理だった』と思われるのが心底、嫌なんだ」

「はい」

「だから、絶対、漫画、読ませてやろうと思っていたんじゃないかな」

棚岡佑真は眉をひそめた。怒っているよりは心の動揺を抑えるために見える。まばたきが早くなり、視線を床に落とす。唾を呑み込む音が聞こえてくる。「あの人、馬鹿なんじゃないですか」と震える声で言った。

ああ、うん、と僕は答える。否定はできないね、と言う。

28

いい言葉が思い浮かばず、ただ、祈った。目を開けると隣で陣内さんは、まだ手を合わせている。

交差点の角、歩道の脇だった。ひしゃげた上に倒れていたガードレールはすでに直っており、被害者を悼《いた》む花も少なくなってはいたが、依然として置かれており、少しほっとした。花がなくなってしまったら、亡くなった人のことも忘れられるような気持ちになってしまう。

「陣内さん、あの話、どうなんでしょうね」僕はそう言っていた。

「どの話」

「小山田俊から聞きましたよね？」

「ああ」陣内さんは、僕をじろっと見た。「あれか。あの面倒な」

「はい」

「まあ」陣内さんは少し考えるような顔になったがすぐに、「関係ねえだろ」と言った。

小山田俊の話が真実ではない、という意味なのか、それとも、仮に真実であったとしても関係がない、という意味なのか。「ですね」と僕も答える。「関係ないと僕も思います」

被害者がもし生きていたらどうだったのか。本当に危険なことをやっていたのだろうか。そればかりはもはや分からない。

それに、それがどうであったところで棚岡佑真のやったことは変わらない。

あの漫画の件は、陣内さんと一度だけ話をした。

十年越しに約束を果たした、その粘り強さについては感心したものの、尊敬する気にはなれなかった。とはいえ、「すごいですね」とは言った。「よくもまあ」と。

頼む陣内さんも偉いが、それに応えた漫画家も大したものだ。おそらく漫画家には漫画家の、陣内さんのしつこさに負けたというだけではなく、思うところがあったのかもしれない。ほとんど唯一の、とはいえ大事な読者に向けて自分の作品を描く、という欲求に後押しされた部分もあるのだろう。

ただ陣内さんはどこか浮かない表情で、「まあな」と不本意そうな表情だった。いったいどうしてなのかと思いながら、「あれ、どうやって製本したんですか」と訊ねる。

「今時、そんなの個人でもできるんだよ。俺が自費でやったんだぞ、自費で」

「そこは言わないほうが」恰好いいのに。

「だけどな」陣内さんはやはり浮かない顔で、「だけど、あの漫画、最後まで読んでもそんなに面白くなかったんだよな」と嘆いた。

「はあ」

「所詮、あんなものなのか」

いったいどこまで本気なのか、僕にはよく分からない。

前方の角を折れ、若林青年がやってくるのが見えた。背広姿でネクタイを締めている。

「何だよおまえ、着替えてくるんじゃなかったのか」

一度、家に帰って普段着を着てくる、というので僕と陣内さんは交差点で待っていたのだ。

「やっぱり、せっかくだから、スーツのままで行こうかと」

「せっかくって何だよそれは。おまえ、これから毎日、堅苦しいスーツ着ることになるんだぞ」

「もし、採用されたらです」

「まあな」

「武藤の快気祝い」と陣内さんが勝手に企画をし、「おまえも来いよな」と若林青年も誘い、彼が、「こんど採用面接がある」と言うと、「面接の打ち上げも兼ねるぞ」と強引に日程を決めた。

俺が店を予約しておいたからついてこい、と陣内さんは僕たちを率いて、歩きはじめる。

車道を車が行き交う。十字路で、白のコンパクトカーがクラクションをけたたましく鳴らし、その時だけ若林青年はびくっと体を震わせた。

陣内さんが連れて行ってくれたのは、北京ダックをメニューの主軸に置いた、北京ダックバーと呼ばれる店の一つで、それなりに賑わっていた。

もちもちの薄皮で、肉や野菜を挟み、次々と口に入れていく。

「手巻き寿司みたいで楽しいですね」と若林青年が無邪気に言うのを、陣内さんは鼻で笑った。「ほかにいい表現はねえのかよ」

「そういえば、あの人、もう退院したんですか」僕は言う。

「若林が心臓マッサージで救った相手か」

「あれは」若林青年は恥ずかしそうに、声を小さくした。「俺がやらなくても、助かったかもしれないです」

「そんなことはないよ」あの夜、必死の形相で男の胸を押していた彼の姿は印象的だった。

「でも、すごく感謝してもらいました」若林青年は照れ臭そうだったが、顔が上気している。

「そこで、そいつがおまえに電話をかけてきて、『君みたいな責任感のある人に、仕事を紹介したいんだ』とか言ってきたら、盛り上がるけどな」陣内さんが野菜スティックを齧った。

「助けてもらったお礼に、ってことですか？」

「そうだ」

そうならないのが現実だ、と知っているからか陣内さんは苦笑いをしながら、うなずいている。

あ、と若林青年が言ったのは少ししてからだ。スーツの上着は脱いでいたのだが、うっかりこぼしたソースがシャツの右の袖《そで》につき、染みになっている。

「やっぱり着替えてくれれば良かったんだよ」と陣内さんが箸で、その染みの部分を指した。

「ですね」

「逆側の袖にもこぼせば、そういう模様に見えるかもしれねえぞ」と無責任なことを言う。

「クリーニングに出せば大丈夫じゃないかな」僕は、若林青年を安心させたくて、声をかける。

ちょっと洗ってきます、と若林青年は席を立ち、トイレのほうへと歩いて行った。

「あの陣内さん」そこで僕は、特に重要な話ではなかったが言ってみる。「前に、田村守に会った時のこと覚えてますか」

「誰だよそれ」

「棚岡佑真の友人で」

「ああ、キャッチャーの守君か。守れなかった守君な」

「陣内さん、田村守の試合の話の時、『本当にパスボールだったのか』って何回か訊いてましたよね？　嫌がらせなのかと思ったんですけど、あれって何だったんですか」

「おまえが今言っただろ。嫌がらせだよ」

「本当は陣内さん、その試合観ていたんじゃないですか」

「俺が？　埼玉の地区予選をか？」そんなに俺が暇だと思うのか、と陣内さんは真顔で聞き返してきた。「何でそう考えたんだよ」

「棚岡佑真がふと言ったんです」最後に面接に行った時に彼は、あの人、俺や守のこと気にかけてくれていたのかな、と呟くように言ったのだ。「だから田村守のことも時々、気にしていたんじゃないかと」

「この俺がか？」

「ええ」と言いながらも僕は、そんなことはあるわけないか、と思いはじめる。「本当は、パスボールじゃなくてワイルドピッチだったのを、陣内さん知っていたのかと」

「何じゃそりゃ」

もしそうだとするなら、田村守は、投手を庇い、パスボールだと言い張ったことになる。だからどうした、と言われれば、どうもしないと答えるほかないが、僕にはそれが大事なことに思えた。

「なわけねえだろうが」陣内さんが言ったところで、若林青年がテーブルに戻ってきた。「何の話ですか」

「弘法筆を選ばず、って言うだろ。あれは実は嘘だったらしいぜ、って話だ」陣内さんは平然とそんなことを言う。

「え、あれって嘘なんですか」

「弘法のやつ、そこそこ筆を選んでいたんだと」

「本当ですか」

「むしろ、道具にうるさかったんじゃねえかな」

「寂しいこと言わないでくださいよ」

「がっかりだろ」

「かなり」

陣内さんと僕が同時に笑った。

やがて、一通り注文した料理をたいらげた頃、「せっかくこうして一緒に食べてもらって悪いんですけど」と若林青年が弱々しく洩らした。言おうか言うまいか悩んだ末、という具合だった。「たぶん今日の面接、駄目です」

「何だよそれ」

「事前に、自分の事故のことを話してあったんです」

「出た。まじかよ」陣内さんが天井を仰ぐようにした。「おまえなあ、馬鹿か。わざわざ言わなくてもいいっての」

「言わなくていい馬鹿、言うな馬鹿、イワンの馬鹿」自分の感情を押し殺すように、若林青年は駄洒落にもならないだろうに、そう早口で言い、弱々しい笑みを浮かべた。「陣内さん、『イワンのばか』、の最後、知ってますか」と言う。

「おまえ、それが気に入ってるんだっけか」

「ええ」

「ラスト、どんなだったか」

「イワンのところに誰かが来て、たぶん貧しい人なんでしょうけど、こう言うんですよ。どうか食べ物をください、って」

「なるほど」

「そうしたらイワンが」若林青年はそこで急に黙った。どうしたのかと見れば、ぎゅっと奥歯を嚙むようにしている。体の奥底から湧き上がる思いを、必死に抑えつけようとし、言葉に詰まっているのが分かる。

揺れ動く心が落ち着くのを待っていた。

そして、息を整えると続けた。「イワンがこう言うんです」

いいとも、いいとも、一緒に暮らすがいい。

イワンは言うんです。

そう言ってくれるんです。

「ああ」陣内さんがいつになく、ぼんやりと声を出した。「ああ、そうだったか」

一緒に暮らすがいい。

その言葉が、僕の頭の中で響く。

イワンは馬鹿だったから、受け入れてくれたんですかね。

若林青年の言葉はふわっと浮かび、僕のまわりを漂うかのようだった。

しばらく無言の間があった。そこから口を開いたのは若林青年だった。「今日の面接、その会社の人に、そんな大事故を起こした人が、こんな風にまともに生活していいの？　反省しているのか、って言われて」

「そうか」

社内で法務に確認したんだけれど、君みたいな少年事件ってのは前科にならないんだってね。でもさ、そんなんでいいのかなあ。甘やかしていたら、人は反省しないよね。

面接官はそう言ったのだという。

「まあ」陣内さんは口を尖らせ、「一理ある」とうなずく。

「ですね」と若林青年はうなずいた。

「ちょっと陣内さん」

「だから、そういう意味ではな、俺たち調査官の仕事なんて細かくやったって意味はねえんだよ。事件起こした奴らはみんな、厳しく罰しておしまいにすりゃいい。そうだろ」

「陣内さん、それは乱暴ですよ」

若林青年は下を向く。

「俺たちが何をやっても、駄目なもんは駄目だしな。真面目にやるのも面倒だ」

「ええ」

「でもな、そういうわけにもいかねえんだ」陣内さんは溜め息をつく。「面倒臭えけどな、何でもかんでも機械的に厳しく罰していくわけにはいかない。何でか分かるか」

「何でですか」

するとと陣内さんは少し不本意そうに、言った。「おまえみたいなのもいるからだよ」

「え」

「おまえみたいなのもいるからな」陣内さんはいつもの億劫そうな言い方をした。

「俺たちはちゃんとやらないといけねえんだよ」

しばらく若林青年は顔を上げなかった。

僕は、「あの、陣内さんはちゃんとやってないですからね」ということだけは絶対的な使命として指摘したのだが、そこで若林青年のスマートフォンに電話がかかってくる。

ぱっと顔を上げた彼の目は赤かった。

「電話、誰からだよ」

「あ、あの人からです。あの時の」

心臓マッサージをしてあげた男性らしかった。

ちょっと電話出てきますね、と言った若林青年は袖で目を拭《ぬぐ》いながら、席を立った。

店の外へと移動していく彼の背中に目をやりながら陣内さんは頬杖をつき、だらしない恰好になっている。

参考・引用文献

『目の見えない人は世界をどう見ているのか』伊藤亜紗著　光文社新書
『ぼくたちにはミンガスが必要なんだ（植草甚一スクラップ・ブック14）』植草甚一著　晶文社
『週刊ラサーン《ローランド・カークの謎》』林建紀著　プリズムペーパーバックス No.009
『ローランド・カーク伝』ジョン・クルース著、林建紀訳　河出書房新社
『ミンガス　自伝・敗け犬の下で』チャールズ・ミンガス著、ネル・キング編集、稲葉紀雄・黒田晶子訳　晶文社
『ミンガス／ミンガス2つの伝説』ジャネット・コールマン&アル・ヤング著、川嶋文丸訳　ブルース・インターアクションズ

今回も、『チルドレン』の時と同様、友人の武藤俊秀氏が事前に読んでくれ、大事な指摘をいくつもしてくれました。本当にありがとうございます。とはいえ、伺った内容をもとに、僕自身がでっち上げた部分が多々ありますので、ここに書かれているものは物語の中だけでのことだと理解していただければと思います。

解説

矢野利裕（批評家・DJ）

どうしても理解できないような振る舞いをする人がいる。この人はどうしてこんな嫌なことを言うのか。どうしてこんな嫌なことをするのか。理解に苦しむ。話が通じるのかと不安になる。あるいはインターネット上には、悪意としか思えないような言葉が並ぶ。その言葉に引《ひ》き摺《ず》られるように、悪意のこもった反応を返す人がいる。まるで人間の心が通っていないかのような。

でも、そういう人たちはどんな顔をしているのだろう。

物語において、十年前に小学生の命を奪った若林《わかばやし》青年と初めて対面した武藤《むとう》は、その「心細そうに俯《うつむ》く」姿を意外に思う。人間の心が通っていないように見える人も、ある面においては、どうしようもなく人間的なのではないか。

連作短編集『チルドレン』の続編にあたる、本作『サブマリン』は、家裁調査官である武藤・陣内《じんない》とかつて犯罪をしてしまった子どもたちとの交流を中心にすえた物語である。少し変わり者の陣内と彼に振り回される武藤のコンビは、本作においても健在だ。『チルドレン』から本作を貫く魅力は、なんといってもこのコンビである。なにを考えているかわからないような陣内の言動は、少しずつ周囲の状況を動かし、武藤にも気づきをもたらす。語り手である武藤と視線を重ねた読者もまた、物語を追うごとに小さな発見を積み重ねていく。それは、物語上の仕掛けだったり、ちょっとした価値観の揺さぶりだったり。トリックスター的な役割を果たす陣内が、凝り固まってしまった社会の通念みたいなものを解きほぐしていく。その感触が心地よくすら思える。

まず大事なのは、陣内の先入観のなさ。若林青年を意外そうに眺める武藤に対して、陣内は「おまえはどうせ、涎《よだれ》を垂《た》らしながらアクセルを踏みまくって小学生を撥《は》ねて殺した、人喰《ひとく》いタンクローリーのお化けみたいなのを想像していたんだろうが」と言う。理解が及ばず許しがたい存在を「お化けみたいなの」に押し込んでしまうようなことを、陣内は絶対にしない。だからこそ、通り魔事件をおさめた陣内がネットで話題になったさいには、かつて過ちを犯した「年齢もまちまちな男女」が次々と陣内を訪ねてくる。

非-人間的な犯罪をした者が本当に悪のモンスターであったなら、ある意味、こんなにわかりやすいことはない。作中の女性のように、「人を撥ねちゃったんだから、自分も撥ねられればいいのに」と言い放ってしまえばいい。「どうせ社会を舐《な》めてるんだから、そういう若者は人を撥ねたところで、困ったな、くらいしか思っていないんじゃないの?」と。実際、少年犯罪をめぐってしばしば聞かれる物言いである。

厄介《やっかい》なのは、ついさっきまで非-人間的だと思っていた者に対して、共感したり感情移入したりしてしまう瞬間だ。あるいは、心優しき者が非-人間的になってしまう瞬間だ。そして、現実はおうおうにして厄介で複雑なものである。多くの問題は、善とも悪とも言い切れない揺れ動きややむにやまれぬ関係性のなかにある。その一部を取り出して裁断することはなかなかできない。ましてや、いままさに揺れ動きのなかにいる少年少女に対しては。

少年犯罪は「一般の刑事裁判」とは異なる。作中、武藤が小山田俊《おやまだしゅん》の母親に教えていたように、そこでは「非行改善や更生に向けての教育が主眼」となる。まだまだ揺れ動きのなかにおり社会性がじゅうぶんに育《はぐく》まれていないとされる少年少女に対しては、社会的な通念から一方的に裁断するのではなく、その揺れ動きに向き合うことが必要とされる。ゆえに、武藤が言うように「少年と付き合うためのマニュアルめいたもの」など存在せず、「相手の少年によって「正解」は異なる」のだ。

では、どのように向き合うべきか。陣内の考えは以下のとおりである。

「ジャズみたいなもんだよな」陣内さんは以前、言っていた。「相手の演奏に合わせて、即興演奏するのがモダンジャズだ。あっちが押して来れば、こっちは引いて、相手のメロディのおかげで、記憶の中のフレーズが急に思い出されることもある。最終的には、どっちが観客の心をつかむかの喧嘩だ。少年事件も同じようなものじゃねえか」

陣内は「少年事件」をモダンジャズになぞらえる。なかでも物語において重視されるのは、ローランド・カークというジャズミュージシャンである。伊坂幸太郎はこれまでもたびたび音楽をモティーフにしてきたので、その意味で、これも伊坂作品らしい表現と言えなくもない。しかし、この物語がモダンジャズを要請する意味は、伊坂作品らしさという点のみに還元できないだろう。

引用部の直後、武藤は「少年との話は、喧嘩じゃまずいですよ。観客いないですし」と言い、それに対し、陣内は「まあな」と含みを残しつつ答えている。このとき、陣内の話を受けた武藤は、モダンジャズを「喧嘩」するための音楽だと解釈している。しかし、そうではないだろう。

陣内が言いたかったことは、モダンジャズとは正々堂々と「喧嘩」ができる場所を共有することに他ならない、ということだ。プレイヤーは一見「喧嘩」をしているように見えるが、その根底には、同じ場を共有しているという信頼関係がある。そのような信頼関係のもと、ローランド・カークのように奔放《ほんぽう》で、奇異とすら思える個性も発揮される。ギャングの首領だったアフリカ・バンバータがヒップホップという音楽に暴力に頼らないバトルのかたちを見出したように、陣内もモダンジャズに対して、暴力に頼らない「喧嘩」のかたちとそのうえでの個性のありかたを見出している。

モダンジャズやビバップというと、強烈な個性による破壊的な表現というイメージもあるが、その背後には一方で、集団性や連帯感が存在している。とくに近年は、そのような集団性とアンサンブルの感覚が注目されている（そのようななかで、カマシ・ワシントンのような新世代のジャズミュージシャンにローランド・カークの影響が感じられるのは興味深い）。ジャズ評論家の村井《むらい》康司《こうじ》は「誰かに象徴されるっていうんじゃなくて、集団的に文脈が作られていくような感じがするんですよね」と言い、それに対し、同じくジャズ評論家の柳樂光隆《なぎらみつたか》は「基本的にジャズって個人に依拠したものじゃなくて、集団戦」だと指摘している（後藤雅洋《ごとうまさひろ》・村井康司・柳樂光隆『１００年のジャズを聴く』シンコー・ミュージック）。

ジャズミュージシャンとは、個性と集団性のあいだを揺れ動くものである。それはまるで、いまだ社会性が育まれず、自分勝手な行動で過ちを犯す少年少女のようではないか。家裁調査官ふたりを主人公とする本作において、ジャズがモティーフとなっていることの意味はその点にある。考えてみれば、『チルドレン』のときからそうだった。表題作「チルドレン」において、万引きをしてしまった高校生の志朗はジャズを聴くことを好んでいたが、社長である志朗の父親はジャズ嫌いだった。

社会的な通念から逸脱してしまうような振る舞いを、いかに暴力でないかたちにしていくか。陣内が、ひいては本作が考えていることは、そのようなことである。したがって、陣内が伝えるメッセージは、次のようなことだ。すなわち、「いいか、もう二度と弱い奴を狙うなよ。というか、狙わないでくれ」と。あるいは、「もし、むしゃくしゃしたら曲でも作って、演奏しろよ」とも。

ここで重要なことは、陣内が「むしゃくしゃ」という衝動自体は認めているということである。ある社会的な状況のなかで、ある人間関係のなかで、暴力的な衝動を抱いてしまうこと自体は仕方のないことなのかもしれない。潜水艦のごとく、意識の奥底のほうに押さえつけている、どうしようもない欲動がある。武藤も次のように語る。

わざとやる人、自覚的に罪を犯す人もいれば、偶然、自分でも思いもよらぬ理由で、もしくは止むを得ない事情で事件に関わる人もいる。すべてをいっしょくたにできず、さらに言えば、「わざとかどうか」の区別もまた難しい。

明確な意志のもと罪を犯すことは許されることではないだろう。しかし、その意志自体を構成する社会的な環境をどう考えるべきか。もちろん、そのような環境に身を置いたものがおしなべて犯罪をするわけではない。しかし、だからといって、「わざと」と言い切れるものだろうか。そもそも、意志的でなければ許されるものなのか。いや、しかし――。

本作においては、意志と環境が、内在的な要因と外在的な要因が、複雑に雑《ま》じり合うかたちで犯罪がおこなわれる。外在的な要因が少なからずあるとすれば、その衝動自体は避けられないのかもしれない。だとすれば、陣内が望むのは、その衝動を音楽的に発揮してくれ、ということだ。ローランド・カークのように。個性的に。非―暴力的に。

かつて小学生を撥ねた若林青年は、「視覚障碍を負いながらも、音楽のおかげで勝利してきたローランド・カークさんが、その音楽の演奏により脳卒中とな」ったことに対し、「ひどいじゃないですか」と憤《いきどお》っている。「そんなにひどいことが重なるなんて、ひどいじゃないですか」と。この場面において、人より少し不幸な状況を背負った若林青年は、ローランド・カークの度重《たびかさ》なる不幸に共鳴しているのだ。

本作に希望があるとすれば、それは、間違ったかたちで発揮されてしまった若林青年の衝動が、ローランド・カークのサックスの音色になりうる、ということである。暴力的な衝動は、ジミヘンやザッパをも魅了する個性的な音楽表現になりうる。陣内が抱く希望は、そこにこそある。自分の意志ではどうにもできない、やむにやまれぬ衝動を暴力でないかたちで発揮すること。そうやって、少しずつ社会に参入していくこと。そのような個性と社会性のあいだで揺れ動く表現こそ、不幸な状況に置かれてしまい罪を犯した者における幸福への第一歩かもしれない。陣内にとって、ジャズとはそういう表現としてある。

寺山修司の『幸福論』が思い出される。

一口で言えば、「幸福」というものは、現在的なものである。それは時代をコードネームにして演奏される、モダンジャズのインプロビゼーションを思わせる。

本作は、社会から逸脱してしまった者たちの救済を目指す物語である。罪を抱えた少年少女の人生が少しでも幸せなものであることを、いち音楽ファンとして、いち小説ファンとして、なにより中等教育に携《たずさ》わる者として願う。

■単行本　二〇一六年三月小社刊

|著者| 伊坂幸太郎　1971年千葉県生まれ。東北大学法学部卒業。2000年『オーデュボンの祈り』で第５回新潮ミステリー倶楽部賞を受賞し、デビュー。'04年『アヒルと鴨のコインロッカー』で第25回吉川英治文学新人賞、「死神の精度」で第57回日本推理作家協会賞短編部門を受賞。'08年『ゴールデンスランバー』で第５回本屋大賞と第21回山本周五郎賞を受賞する。近著に『フーガはユーガ』『ホワイトラビット』『AX』などがある。

サブマリン

伊《い》坂《さか》幸《こう》太《た》郎《ろう》

2019年４月16日第１刷発行
2022年８月１日第５刷発行

講談社文庫
定価はカバーに
表示してあります

KODANSHA

発行者——鈴木章一
発行所——株式会社　講談社
東京都文京区音羽2-12-21　〒112-8001
電話　出版　(03) 5395-3510
　　　販売　(03) 5395-5817
　　　業務　(03) 5395-3615

デザイン—菊地信義
製版———凸版印刷株式会社
印刷———株式会社KPSプロダクツ
製本———株式会社国宝社

Printed in Japan

ISBN978-4-06-514595-1

JASRAC　出　1903119-205

講談社文庫刊行の辞

二十一世紀の到来を目睫に望みながら、われわれはいま、人類史上かつて例を見ない巨大な転換期をむかえようとしている。

世界も、日本も、激動の予兆に対する期待とおののきを内に蔵して、未知の時代に歩み入ろうとしている。このときにあたり、創業の人野間清治の「ナショナル・エデュケイター」への志を現代に甦らせようと意図して、われわれはここに古今の文芸作品はいうまでもなく、ひろく人文・社会・自然の諸科学から東西の名著を網羅する、新しい綜合文庫の発刊を決意した。

激動の転換期はまた断絶の時代である。われわれは戦後二十五年間の出版文化のありかたへの深い反省をこめて、この断絶の時代にあえて人間的な持続を求めようとする。いたずらに浮薄な商業主義のあだ花を追い求めることなく、長期にわたって良書に生命をあたえようとつとめるところにしか、今後の出版文化の真の繁栄はあり得ないと信じるからである。

同時にわれわれはこの綜合文庫の刊行を通じて、人文・社会・自然の諸科学が、結局人間の学にほかならないことを立証しようと願っている。かつて知識とは、「汝自身を知る」ことにつきていた。現代社会の瑣末な情報の氾濫のなかから、力強い知識の源泉を掘り起し、技術文明のただなかに、生きた人間の姿を復活させること。それこそわれわれの切なる希求である。

われわれは権威に盲従せず、俗流に媚びることなく、渾然一体となって日本の「草の根」をかたちづくる若く新しい世代の人々に、心をこめてこの新しい綜合文庫をおくり届けたい。それは知識の泉であるとともに感受性のふるさとであり、もっとも有機的に組織され、社会に開かれた万人のための大学をめざしている。大方の支援と協力を衷心より切望してやまない。

一九七一年七月

野間省一

上田秀人　密封〈奥右筆秘帳〉
上田秀人　国禁〈奥右筆秘帳〉
上田秀人　侵蝕〈奥右筆秘帳〉
上田秀人　継承〈奥右筆秘帳〉
上田秀人　簒《さん》奪《だつ》〈奥右筆秘帳〉
上田秀人　秘闘〈奥右筆秘帳〉
上田秀人　隠密〈奥右筆秘帳〉
上田秀人　刃傷〈奥右筆秘帳〉
上田秀人　召《めし》抱《かかえ》〈奥右筆秘帳〉
上田秀人　墨《ぼっ》痕《こん》〈奥右筆秘帳〉
上田秀人　天下〈奥右筆秘帳〉
上田秀人　決戦〈奥右筆秘帳〉
上田秀人　前夜〈奥右筆外伝〉
上田秀人　軍師の挑戦〈上田秀人初期作品集〉
上田秀人　天主信長〈表〉〈我こそ天下なり〉
上田秀人　天主信長〈裏〉〈天を望むなかれ〉
上田秀人　波乱〈百万石の留守居役㈠〉
上田秀人　思惑〈百万石の留守居役㈡〉
上田秀人　新参〈百万石の留守居役㈢〉

上田秀人　遺臣〈百万石の留守居役㈣〉
上田秀人　密約〈百万石の留守居役㈤〉
上田秀人　使者〈百万石の留守居役㈥〉
上田秀人　貸借〈百万石の留守居役㈦〉
上田秀人　参勤〈百万石の留守居役㈧〉
上田秀人　因果〈百万石の留守居役㈨〉
上田秀人　忖《そん》度《たく》〈百万石の留守居役㈩〉
上田秀人　騒動〈百万石の留守居役(十一)〉
上田秀人　分断〈百万石の留守居役(十二)〉
上田秀人　舌戦〈百万石の留守居役(十三)〉
上田秀人　愚劣〈百万石の留守居役(十四)〉
上田秀人　布石〈百万石の留守居役(十五)〉
上田秀人　乱麻〈百万石の留守居役(十六)〉
上田秀人　要《よう》訣《けつ》〈百万石の留守居役(十七)〉
上田秀人　梟《ふくろう》の系譜〈宇喜多四代〉
上田秀人　竜は動かず　奥羽越列藩同盟顛末　(上)万里波濤編　(下)帰郷奔走編
内田樹　下流志向〈学ばない子どもたち　働かない若者たち〉
内田樹・釈徹宗　現代霊性論
上橋菜穂子　獣の奏者〈I闘蛇編〉

上橋菜穂子　獣の奏者〈II王獣編〉
上橋菜穂子　獣の奏者〈III探求編〉
上橋菜穂子　獣の奏者〈IV完結編〉
上橋菜穂子　獣の奏者〈外伝　刹那〉
上橋菜穂子　物語ること、生きること
上橋菜穂子　明日は、いずこの空の下
海猫沢めろん　愛についての感じ
海猫沢めろん　キッズファイヤー・ドットコム
冲方丁　戦の国
上田岳弘　ニムロッド
上野歩　キリの理容室
内田英治　異動辞令は音楽隊！
遠藤周作　ぐうたら人間学
遠藤周作　聖書のなかの女性たち
遠藤周作　さらば、夏の光よ
遠藤周作　最後の殉教者
遠藤周作　反逆(上)(下)
遠藤周作　ひとりを愛し続ける本
遠藤周作　周作塾〈読んでもタメにならないエッセイ〉

講談社文庫 目録

遠藤周作 新装版 海と毒薬
遠藤周作 新装版 わたしが・棄てた・女
遠藤周作 深い河《ディープ・リバー》〈新装版〉
江波戸哲夫 新装版 銀行支店長
江波戸哲夫 集団左遷
江波戸哲夫 新装版 ジャパン・プライド
江波戸哲夫 起業の星
江波戸哲夫 ビジネスウォーズ〈カリスマと戦犯〉
江波戸哲夫 リストラ事変〈ビジネスウォーズ2〉
江上剛 頭取無惨
江上剛 企業戦士
江上剛 リベンジ・ホテル
江上剛 起死回生
江上剛 瓦礫の中のレストラン
江上剛 非情銀行
江上剛 東京タワーが見えますか。
江上剛 慟哭の家
江上剛 家電の神様
江上剛 ラストチャンス 再生請負人
江上剛 ラストチャンス 参謀のホテル
江上剛 一緒にお墓に入ろう
江國香織 真昼なのに昏《くら》い部屋
江國香織他 100万分の1回のねこ
円城塔 道化師の蝶
江原啓之 スピリチュアルな人生に目覚めるために〈心に「人生の地図」を持つ〉
江原啓之 トラウマ あなたが生まれてきた理由
大江健三郎 新しい人よ眼ざめよ
大江健三郎 取り替え子《チェンジリング》
大江健三郎 晩年様式集《イン・レイト・スタイル》
小田実 何でも見てやろう
沖守弘 マザー・テレサ〈あふれる愛〉
岡嶋二人 解決まではあと6人〈5W1H殺人事件〉
岡嶋二人 99％の誘拐
岡嶋二人 クラインの壺
岡嶋二人 ダブル・プロット
岡嶋二人 新装版 焦茶色のパステル
岡嶋二人 チョコレートゲーム 新装版
岡嶋二人 そして扉が閉ざされた〈新装版〉
太田蘭三 殺《さつ》・風《ふう》・景《けい》〈警視庁北多摩署特捜本部〉
大前研一 企業参謀 正・続
大前研一 やりたいことは全部やれ！
大前研一 考える技術
大沢在昌 野獣駆けろ
大沢在昌 相続人TOMOKO
大沢在昌 ウォームハート コールドボディ
大沢在昌 アルバイト探偵《アイ》
大沢在昌 調毒師を捜せ アルバイト探偵《アイ》
大沢在昌 女王陛下のアルバイト探偵《アイ》
大沢在昌 不思議の国のアルバイト探偵《アイ》
大沢在昌 拷問遊園地 アルバイト探偵《アイ》
大沢在昌 帰ってきたアルバイト探偵《アイ》
大沢在昌 雪蛍
大沢在昌 夢の島
大沢在昌 新装版 氷の森
大沢在昌 暗黒旅人
大沢在昌 新装版 走らなあかん、夜明けまで
大沢在昌 新装版 涙はふくな、凍るまで

2022年6月15日現在